강제윤의 남도 섬 여행기

섬 택리지

섬택리지

처음 펴낸 날 | 2014년 12월 30일
두 번째 펴낸 날 | 2015년 12월 12일

지은이 | 강제윤

책임편집 | 박지웅

주간 | 조인숙
편집부장 | 박지웅
편집 | 무하유

펴낸이 | 홍현숙
펴낸곳 | 도서출판 호미
출판등록 1997년 6월 13일(제1-1454호)
서울시 마포구 동교로 41길 32, 1층
편집 02-332-5084, 영업 02-322-1845, 팩스 02-322-1846
이메일 homipub@hanmail.net

디자인 | (주)끄레 어소시에이츠
인쇄 | 수이북스, 제본 | 은정제책

ISBN 978-89-97322-23-7 03810
값 | 17,000원

이 도서의 국립중앙도서관 출판시도서목록(CIP)은
서지정보유통지원시스템 홈페이지(http://seoji.nl.go.kr)와
국가자료공동목록시스템(http://www.nl.go.kr/kolisnet)에서 이용하실 수 있습니다.
(CIP제어번호 CIP 2014037645)

ⓒ강제윤, 2014

호미) 생명을 섬깁니다. 마음밭을 일굽니다.

강제윤의 남도 섬 여행기

섬 택리지

강제윤 지음

초미

책을 내면서

보물섬 가는 길

어느 해 신안 증도 검생이마을 어부의 그물에 사발들이 올라왔다. 어부는 쓸 만한 것 몇 개를 주어다 개 밥그릇으로 사용했다. 그 개 밥그릇의 가치를 먼저 알아본 이는 육지에서 온 엿장수들이었다. 개 밥그릇은 중국 송나라와 원나라 시대 만들어진 도자기였다. 그 뒤 증도 바다에서는 송원대의 도자기, 향로 등 유물 수만 점이 인양됐고 증도는 보물섬으로 소문이 났다. 하지만 증도만 보물섬인 것은 아니다. 알려지지 않았을 뿐, 한국의 많은 섬이 보물섬이다.

우이도는 섬 속의 사막인 '풍성사구'로 유명세를 탔지만 또 다른 보물은 조용히 숨어 있다. 옛 선창이 그것이다. '우이 선창'이란 이름을 가진 이 선창은 1745년 3월에 완공돼 지금까지 사용되고 있다. 개발의 광풍에 거의 모든 옛 선창들이 사라져 버렸는데 아직도 원형이 유지되고 있으니 가장 소중한 한국 해양문화 유적 중 하나다. 진정한 보물이 아닌가. 도초도의 고란리는 이 나라에서 돌담들이 가장 완벽히 보존된 마을 중 하나지만 나그네에게 발견되기 전까지는 누구도 주목하지 않았다. 고란리에는 섬의 돌담이라고 믿기 어려운 궁궐의 담장만큼이나 웅장한 돌담도 있다. 장산도와 신의도에는 백제시대 고분들이 즐비하고 흑산도에는 삼국시대에 존재했던 국제 해양도시의 유물들이 남아 있다. 증도의 상월포에는 파시가 열리던 시절 생선을 절이는 데 사용한 간독들이 풀숲에 파묻혀 있다. 지금은 찾아보기 힘든 어업 유물이다.

섬들에는 무형의 보물도 많다. 가거도의 할머니는 "신안군 흑산멘 오돈멘 아니냐/억울타 가거도 뚝 떨어졌다/가게산 무너져 편질이나 되어라/내야 발로 걸어서 육지 한번 가 보자." 가거도 독실산이 무너져 바다를 메우면 발로 걸어 육지에 한번 가 보고 싶다는 먼바다 섬사람들의 간절한 소망을 담은 민요다. 흑산도 해녀 할머니가 불러주는 '진리 뱃노래'는 제주 해녀들이 배를 타고 나갈 때 부르던 노래 '이어도 사나'의 흑산도 버전이다. "우리 배는 소나무로 지은 배라/소소솔 솔 잘도 간다/이오따라 이오따라." 이 민요들도 당장 채록해 두지 않으면 사라져 버릴 보물이다.

박지도와 반월도 사이 갯벌에는 중노두라는 노둣길이 있다. 이 노두에는 비구와 비구니 스님의 애절하고 비극적인 사랑 이야기가 전해진다. 또 흑산도 진리 당집에는 피리 부는 소년과 처녀 여신의 사랑이야기가 깃들어 있다. 자은도 분계리 해변 솔숲에는 여인송이란 소나무가 있는데 바다에 나가 돌아오지 않는 남편을 기다리다 죽은 여인의 혼이 깃든 나무다. 섬에는 절절한 사연을 간직한 옛 이야기가 넘쳐난다. 섬은 온통 이야기의 보고이기도 하다.

섬은 또 걷기의 천국이다. 대체로 섬들에는 자동차가 많지 않다. 차가 한 대도 없는 섬도 흔하다. 그러니 부러 만들지 않아도 섬은 그 자체로 훌륭한 트레일이다. 사람으로 붐비지 않아 더없이 한가롭고 평화롭다. 내내 바다만 보고 걸을 수 있는 자은도 해안 누리길에서는 갯벌의 전통 어법인 개막이 그물로 고기잡이를 하는 어부를 만날 수 있다. 망망한 갯벌 한가운데 그물을 들고 서 있는 어부의 모습은 마치 밀레의 그림 '만종'의 갯벌판 같다. 신의도 해안길, 증도 천년의 숲길, 비금도 하누넘길 등 또한 꿈결처럼 파도소리 들으며 걸을 수 있는 보물 같은 섬 길들이다.

나그네는 이런 보물을 찾아 10여 년 동안 섬을 헤매고 다녔다. 섬에 미쳐 살았다. 섬들을 떠돌며 섬들을 기록해 왔다. 처음 섬 순례를 떠날 무렵 나그네는 섬에서 태어났고 섬에서 오래 살았으니 섬을 잘 안다고 자부했다. 이제는 그것이 얼마나 오만한 착각인지를 깨달았다. 당시에는 우리 섬에 그토록 소중한 보물들이 숨어 있는 줄은 상상도 못했다. 수백 개의 섬을 답사했지만 나그네는 여전히 섬의 가치를 다 알지 못한다. 그것은 섬에 사는 이들도 다르지 않은 듯하다. 많은 섬사람들이 자신이 사는 섬에 얼마나 큰 보물이 숨겨져 있는지를 깨닫지 못하고 살아간다.

섬에는 천 년이 넘은 당집(신전)도 드물지 않다. 이 당집들과 수백 년 된 우물과 돌담 들은 그 자체로 문화재다. 하지만 섬사람들은 그런 보물에 무심하다. 태연히 당집을 허문 뒤 체육공원을 만들어 버리거나 옛 우물을 메워 버리기도 한다. 물고기들을 불러 모으던 수백 년 된 어부림魚付林을 파괴하고 해안도로를 내 버린다. 개발의 망령 앞에 섬의 문화유산은 위태롭다. 그래도 이 나라에서 아직까지 자연과 문화의 원형이 가장 잘 남아 있는 곳은 섬이다. 섬은 우리 국토에서 가장 소외된 땅이다. 역설적이지만 그것이 섬을 이 나라의 마지막 보물창고로 만들었다. 섬의 보물들이 아주 사라져 버리기 전에 서둘러 보존할 방법을 찾아야 한다.

잊고 살지만 한국은 일본만큼이나 섬이 많은 섬나라다. 그중 4분의 1가량인 1,004개의 섬이 신안군에 모여 있다. 천사(1,004개)의 섬을 표방하고 있는 신안은 그래서 섬 왕국이다. 섬에 대한 나그네의 일곱 번째 저작인 이 책은 섬 왕국 신안의 섬 중에서도 가장 아름다운 섬들에 대한 답사기다. 많은 사람이 아직도 섬을 멀게만 느낀다. 바다의 존재 때문이다. 세월호 참사 이후, 트라우마로 인해 그 생각이 더 견고해졌다. 하지만 지구는 물의 행성이다. 지구 표면의 70퍼센트가 바다다. 지구地球가 아니라 수구水球인 것이다. 바다에서 보면 대륙 또한 물 위에 떠 있는 하나의 큰 섬에 지나지 않는다. 누구도 바다를 떠나 살수 없다. 잊고 있었지만 우리는 모두가 섬사람이다. 누구는 큰 섬에 살고 누구는 작은 섬에 살 뿐이다. 이 책이 큰 섬과 작은 섬 들의 사이를 잇는 다리가 될 수 있기를 진심으로 기대한다.

2014년 겨울, 강제윤

차례

책을 내면서   6

1부

갯벌의 만종_자은도 1   20

여인송의 슬픔_자은도 2   30

비구니와 비구의 사랑이 놓은 징검다리_박지도   37

어디서 무엇이 되어 다시 만나랴_안좌도   48

산 사람은 날 가고 달 가면 살아지는데_팔금도   59

2부

중국의 닭 우는 소리 들리는 섬_가거도   68

외딴섬에 숨어 사는 사내처럼_만재도   81

60개 국을 떠돌다 정착한 고향 섬_하태도   94

흑산도 사람들은 삭힌 홍어 잘 안 먹어_흑산도   108

순간인 줄 알면서 영원처럼_홍도   124

3부

먹을 수 있는 유일한 돌_도초도 1   138

할머니 울지 마 내가 영감 하나 사 주께_도초도 2   149

내가 김일성이 아들이요_비금도 1   158

길에서 만난 현자들_비금도 2   169

우이도 처녀, 모래 서 말 먹고 시집가다_우이도   178

섬마을 총각 선생님_동서 소우이도   194

4부

공주와 대통령_하의도 1   204

대중이는 고향에 암것도 안 해 줬어_하의도 2   213

장어가 뱀하고 똑같아!_장산도 1   223

슬픔도 가락을 타면 흥이 된다_장산도 2   235

소금 섬 가는 길_신의도 1   247

할머니 뱃사공_신의도 2   258

5부

1만 마리 갈매기가 우는 집_임자도 1   266

죽음으로 일제에 저항했던 타리 기생들_임자도 2   274

술집 색시와 사랑에 빠졌던 선원의 순정_재원도   286

우리는 모두 아득히 먼 곳을 떠도는 외로운 사람들_증도 1   300

보물섬_증도 2   310

갯벌의 기도_병풍도, 대기점도   318

1부

갯벌의
만종

자은도 1

섬으로 가는 배

"총각은 어디서 왔어?"

"대구요."

"자은으로 가 암태로 가?"

"몰라요."

"자은으로 간 갑서. 자은이 일이 많해."

"무슨 일 하러가? 양파? 대파?"

청년은 바로 대답을 못하고 머뭇거리다 이내 두 팔을 벌려 길다는
표시를 한다.

"대파네, 대파."

신안군 자은도행 여객선 선실 안에서 초면인 할머니와 청년이 밑도
끝도 없이 선문답 같은 이야기를 주고받는다. 청년은 일거리를 찾아

섬에 들어가는 중이다. 아마도 직업소개소에서 소개를 받았을 것이다. 내륙인 대구에서 온 청년은 자신이 가는 섬이 암태도인지 자은도인지도 모르고, 일하는 곳이 대파밭인지 양파밭인지도 알지 못한다. 하긴 그런 것 따위 무슨 상관이랴. 어차피 품팔이 가는 길, 대파밭이면 어떻고 양파밭이면 어떤가. 암태도라고 다르고 자은도라고 또 다를까.

할머니도 섬에 사는 사람은 아니다. 고향이 자은도다. 젊은 시절 섬을 떠났고 지금은 고향에 "친정 엄마 아부지 제사 지내러 가는 길"이다. 1년에 한 번은 꼭 가는 고향 길이 오늘이다. 그래서 기분이 들떠 있다.

"제사라도 없으면 갈 일이 없어요. 결혼식도 다 목포나 광주에서 해버리니깐."

부모님 제사 덕분에 일 년에 한 번이라도 고향을 찾아갈 수 있으니 그렇게 좋을 수 없다. 두서없는 이야기를 주고받던 총각도 할머니도 이제 모두 잠잠하다. 여객선이 암태도 오도항으로 입항한다. 자은도와 암태도, 팔금도, 안좌도 네 개 섬이 다리로 연결된 뒤 자은도에 가기 위해서는 암태도나 팔금도행 여객선을 타야 한다. 암태도 선착장에서는 자은도까지 배 시간에 맞춰 공영 버스가 오간다.

시간의 물살을 거슬러 온 시원의 어부

오늘도 어김없이 기적이 일어났다. 썰물 때가 온 것이다. 하루에 두

번은 바다가 되고 두 번은 육지가 되는 갯벌. 두 개의 시간을 가진 한운리 바다는 날마다 모세의 기적이 연출된다. 그러므로 서남해의 섬에서 기적은 특별한 것이 아니다. 일상이다. 성스러움 또한 일상이다. 무수한 생물의 거처인 갯벌은 오랜 세월 사람을 먹여 살려 온 생명의 땅이기도 하다. 오늘은 한운리에서 무인도 옥도까지도 바닥이 다 드러났다. 갯벌은 김을 기르는 마장발이 숲을 이루었다. 물이 빠져나간 갯벌이 마치 물이 가득 찬 바다처럼 투명하다. 매끈한 갯바닥에 반사되는 빛 때문이다. 광활하게 드러난 갯벌 위로 웬 사내 하나 나뭇단을 지고 터벅터벅 걸어 들어간다. 갯벌 가운데 나뭇단을 부린 사내는 긴 나무 막대를 들어 하나씩 힘껏 꽂아 나간다. 사내는 막대에 그물을 걸기 시작한다. 개막이 그물이다. 수백, 수천 년을 이어온 갯벌 어업의 원형. 사내는 시간의 물살을 거슬러 온 시원의 어부다.

밀물의 시간이면 조류를 따라 들어온 물고기들이 저 그물에 꽂혀 사과처럼 주렁주렁 매달리게 될 것이다. 사내는 다시 물이 빠지면 갯벌에 나가 사과를 따듯 그물에 걸린 물고기들을 따다가 내다 팔고 곡식을 사 올 것이다. 바다는 그렇게 오랜 세월 어부인 저 사내와 사내의 가족을 먹이고 입히고 키워 왔을 것이다. 사내의 개막이 그물 뒤로 늘어선 재래식 김양식장인 마장발의 수천, 수만 개 말뚝도 사내 같은 어부들이 하나하나 손으로 꽂아 나간 것들이다.

자신은 깨닫지 못하지만 풍경이 되어 살아가는 사람들. 풍경과 분리되지 않고 풍경 속에 녹아들어 풍경의 일부가 되어 버린 사람들. 한운리 갯벌의 풍경은 마침내 스스로 풍경이 된 저 어부로 인해 완성된다. 과거에 흔했던 갯벌 풍경은 이제 전설이 되어 가고 있다. 매립과 간척으로 갯벌이 사라져 가는 시대. 갯벌이 사라지면서 그물을 치는 어부들도 사라져 버렸다. 갯벌의 저 어부는 끝내 알지 못하리라. 그 자신이 갯벌 어업의 마지막 페이지를 장식하는 역사의 주인공이라는 사실을. 그래서 저 풍경은 장 프랑수아 밀레의 그림 '만종' 같다. 저것은 필시 갯벌의 '만종'이다.

마음과 함께 걷는 길

자은도의 트레일인 해안 누리길은 갯벌이 아름다운 한운리 솔숲으로부터 시작된다. 솔숲은 해풍을 막아 주는 방풍림으로 조성됐을 것이다. 또 외부로부터 유입되는 재앙을 막아 주는 우실(자연 재해와 액운을 막는 돌담이나 나무숲)로도 기능했을 것이다. 해안 길은 내내 바다를 바라보며 걸을 수 있는 평탄한 능선 길이다. 굴곡진 해안을 따라 풍경도 시시각각 변해간다. 하늘로 이어질 듯 길게 뻗어나간 오솔길은 더없이 평화롭다. 말할 수 없는 감동이 밀려온다. 오늘 이 길을 걷는 이는 나그네 혼자뿐이다. 겨울이라 그럴 것이다. 하지만 남녘의 섬은 바람만 불지 않으면 겨울에도 따뜻하다. 이 아름다운 길을 독차지하고 걸을 수 있다니 이 무슨 행운이란 말인가. 자동차도 사람도, 어떠한 인공적인 장애물도 없는 해안 길. 마음이 번잡스럽지 않으니 마음 빼앗길 일도 없다. 그러니 길은 자연히 마음을 따라가는 내면의 길이 된다. 들뜨지 않고 저 심연의 끝까지 들어가 볼 수 있는 마음의 행로.

마음의 주인은 누구일까. 자신의 마음이지만 일상에서 우리는 마음 간수를 잘 못하고 살아간다. 늘 어떤 일엔가, 또 누구엔가 마음을 빼앗기고 살아가기 일쑤다. 내 마음 같지만 결코 내 마음이 아닌 것이다. 그래서 정작 내 마음이 필요할 때는 마음을 쓸 수가 없다. 빼앗겨 버린 마음을 찾아오기가 쉽지 않은 까닭이다. 오늘은 마음도 따라왔다. 이 느리고 소박한 오솔길에서는 마음을 빼앗길 염려도 없이 차분히 내 마음과 동행하며 걷는다. 세파에 시달리던 마음도 모처럼 휴식을 얻는다. 마음과 대화하며 가다 보면 진정으로 마음이 가고자 하는 곳을 찾게 된다. 참으로 고마운 길이다.

향기로운 몬치구이

  길은 한운리에서 둔장리로 이어진다. 둔장리 삼거리에 서자 비로소 백사장이 보이기 시작한다. 둔장리 해변에서 할미섬까지는 긴 돌무더기가 쌓여 있다. 독살이다. 독살은 돌 그물이다. 바닷가에 돌담을 쌓아 밀물 때 들어온 물고기를 가두어 썰물 뒤 잡아들이는 함정어법이다. 둔장리 백사장은 거침없다. 티끌 하나 없이 맑은 해변. 해변의 솔숲 길은 사월포까지 이어진다. 둔장리 해변에서는 사내 몇이 그물질을 하고 있다. 몬치 그물질이다. 몬치는 작은 숭어를 이르는 이 지역 말이다. 여름에는 뻘 냄새가 나 맛이 없는 게 숭어지만, 겨울이면 최고의 맛을 자랑하는 것이 숭어다. 그래서 일본에서는 겨울 숭어를 천하삼대 진미 중 하나로 꼽기까지 한다.

  동네 사내들은 판매 목적이 아니라 반찬거리를 마련할 요량으로 그물을 끈다. 하지만 수확은 보잘 것 없다. 예전에는 한두 번 그물질에도 한 광주리씩 들던 몬치가 지금은 겨우 몇 마리씩 잡힐 뿐이다. 그물질은 보통 썰물과 들물의 중간 시간대인 중사리에 주로 한다. 허리쯤 빠지는 바다에 나간 사내 둘이 긴 그물의 양쪽 끝을 잡고서 '그냥' 끌고 들어오면 되는 일이다. 겨울 몬치는 회도 회지만 장작불에 구워 먹으면 향이 정말 좋다. 수박 향이 나는 은어처럼 향기로운 생선이다. 그래서 남모르게 먹을 수 없는 생선이 몬치구이라 했다. 그물질하는 사내들을 뒤로 하고 솔숲 길을 걷는다. 구운 몬치 향내가 풍기는 환상에 사로잡혀 걷는데, 길은 사월포 입구에서 문득 끝이 난다.

여인송의
슬픔

/

자은도 2

자비와 은혜의 섬

　고장리 사월포는 파시波市로 유명한 곳이었다. 사월포 앞바다는 임
자도 전장포에 버금가는 새우잡이 어장이었는데 1960년대까지도 사
월포는 파시로 성황을 이루었다. 또 부서(부세)가 많이 잡혀 파시가 서
는 4월에서 6월이면 사월포에서 할미섬 사이 바다는 부서를 잡으려는
어선들로 꽉 들어찼다. 한창 성어기 땐 인천, 서산, 군산, 여수, 마산
등 전국 각지에서 온 어선들이 3천 척이 넘은 적도 있었다. 파시가 쇠
락해 갈 무렵까지도 파시촌에는 작부를 둔 술집인 색시집이 10여 곳
넘게 성업했고, 선구점과 잡화점이 있었다. 어선들이 잡아온 부서들
은 간독에 절이거나 얼음에 저장돼 내륙의 도시로 팔려갔다. 동네 여
자들도 물동이에 물을 이고 나와 어선들에 팔아 소득을 올렸다. 파시
의 영화는 사라지고 이제 사월포는 한적한 어촌으로 남았다.
　자은도慈恩島란 지명은 임진왜란 때 명나라 장군 이여송의 참모로·

따라온 두사춘이 지었다는 이야기가 전해진다. 두사춘은 왜군과의 전투에서 작전에 실패하자 처형당할 것을 염려해 자은도로 숨었다. 목숨을 구한 두사춘은 난세에 생명을 보존해 준 자비로운 섬의 은혜를 못 잊어 자은도라 이름을 지었다는 것이 얘기의 골자다. 하지만 이 지명 유래는 명백히 오류다. 임진왜란 이전부터 자은도는 자은도慈恩島란 이름을 가지고 있었다. 「고려사」 공민왕 22년(1373년) 11월 5일 기사에는 "명에 보낸 사신들의 배가 파선해 주영찬 등이 자은도 앞바다에서 모두 익사했다"는 내용이 있고, 「조선왕조실록」 세종 18년(1436년 7월 25일) 기사에도 "자은도 목장은 감목관을 혁파하고 다경포 만호가 겸하게 한다"는 기사가 있다. 두사춘이 자은도에 은신한 것이 사실인지는 모르겠으나 자은도란 이름의 유래가 두사춘과는 무관함은 명확하다.

"자은 섬 재벌가들은 그쪽에 다 살아"

여객선에서 만난, 자은도 친정에 간다던 할머니는 가난했던 섬 자은도가 이제는 부자 섬이 됐다고 자기 일처럼 기뻐했다. 옛날에는 논농사가 많은 암태도가 부자였지만, 이제는 대파나 양파를 심어 큰 소득을 올리는 자은도가 부자 섬이 됐기 때문이다. 모래섬인 자은도는 산비탈까지 개간해 밭을 일구었지만 소득이 변변찮았다. 하지만 그 모래땅 덕분에 이제는 자은도가 오히려 돈 섬이 됐다. 대파를 키우는 데는 모래땅이 전적으로 유리하기 때문이다. 특히 자은도 중에서도 서부지역이 대파를 많이 키운다. 그래서 자은도 한운리가 친정인 그 할머니는 말한다. "자은 섬 재벌가들은 그쪽에가 다 살아. 안좌, 암태 사람들도 다 자은으로 돈 벌러 다녀." 그랬다. 예전에는 논이 많은 동부가 부유했는데 이제는 역전되고 만 것이다.

자은도는 1970년대만 해도 인구가 2만 명이 넘을 정도로 융성했다. 지금은 십분의 일인 2,400여 명으로 줄었다. 2014년 자은도에 재배 중인 대파밭은 397헥타르, 무려 120만 평이다. 양파밭이 160헥타르, 마늘밭이 153헥타르로 그 뒤를 따른다. 대파, 양파, 마늘 세 작물이 밭농사의 거의 전부다. 한때 성행하다 사라졌던 땅콩 재배 면적도 점차 늘어나는 추세다. 땅콩 농사도 31헥타르 짓는다. 섬이지만 어선은 불과 56척. 전체 주민 1,314가구 중 970가구가 농사를 지으니 자은도는 어촌이 아니라 농촌이다.

자은도는 모래섬이다. 자은도에는 3킬로미터 백사장을 가진 백길 해변을 비롯해 무려 9개의 모래해변이 있다. 분계리 해변은 오폐수가 유입되지 않는 청정한 바다이기도 하다. 자은도의 농토는 모래땅이라 해서 버려진 황무지가 많았다. 하지만 이제는 그 모래땅 황무지가 황금 땅으로 변신했다. 대파 농사가 큰 소득을 가져다주면서부터다.

내륙이나 다른 섬들에서도 대파 농사를 짓는다. 하지만 겨울에는 자은도와 임자도, 증도를 비롯한 섬들이 대파 농사에서 경쟁력이 높다. 이들 섬의 대파밭은 모두 모래땅이기 때문이다. 이 섬들은 어디를 파도 모래다. 그래서 자은도에도 임자도처럼 "처녀가 모래 서 말을 먹

어야만 시집간다"는 속담이 있다. 물웅덩이인 모래치에서는 물이 계속 솟아나 농업용수로 쓸 수 있다.

모래땅이 경쟁력 있는 것은 대파가 더 잘 자라서가 아니다. 추위 덕이다. 겨울이 유독 추울 때면 대파 가격은 더 올라간다. 그때는 자은도 등의 대파밭은 호황을 누린다. 흙 땅은 얼어서 대파를 뽑아내면 줄기가 끊어져 버려 뽑아낼 수가 없다. 하지만 얼지 않는 모래땅에서는 대파가 쑥쑥 잘도 뽑힌다. 그러니 추운 겨울 대파는 이들 모래섬에서만 출하된다. 당연히 가격은 뛰고 이들 섬 대파 농가들의 소득도 쑥쑥 올라간다. 하지만 올해는 겨울이 따뜻해서 자은도 대파 농사도 큰 재미를 못 봤다. 어디서나 출하되었기 때문이다. 그래도 대파밭은 여전히 자은도의 금광이다.

여인송의 슬픔, 여인송의 위로

분계리 해변은 무성한 해송숲이 방풍림을 이루고 있다. 소나무들은 거친 바닷바람을 막아 주는 분계리마을의 수호신이다. 이 솔숲에는 세상 어디에도 다시없을 소나무 한 그루가 서 있다. 소나무는 아름다운 여인의 자태를 그대로 닮았다. 물구나무를 선 여인이 미끈한 다리와 엉덩이를 그대로 드러내고 있다. 그래서 이 소나무의 이름도 여인송이다. 하지만 이 관능적인 모습의 소나무에는 슬픈 전설이 깃들어 있다.

옛날 분계마을에 고기잡이로 어렵게 살아가는 어부 부부가 살고 있었다. 가난했지만 부부는 금슬이 좋았고 행복했다. 하지만 어느 날 부부 사이에 작은 말다툼이 있었고 남편은 홧김에 배를 타고 나가 버렸다.

남편은 집에 있으면 더 큰 싸움이 벌어질까 봐 화를 풀 겸 해서 바다에 나간 것이었다. 옛날 아메리카 원주민들도 부부 싸움을 하면 남편은 무작정 집을 나가 끝없이 걸었다. 그렇게 걷다 보면 화는 자연히 풀리고, 그때 남편은 다시 집으로 돌아갔다. 하지만 분계리의 남편은 바다로 떠난 것이 화근이었다. 차라리 길을 떠나 무작정 걷기라도 했으면 좋았으련만, 바다는 뭍길처럼 그렇게 평화롭지만은 않은 곳이다.

여러 날이 지나도 남편은 돌아오지 않았다. 풍랑을 만나 뒤집히기라도 한 것일까. 아내는 부부 싸움한 것을 후회하며 날마다 분계해변

솔등에 올라 남편의 무사귀환을 애타게 기다렸다. 하지만 오랜 날들이 지나도 남편은 돌아오지 않았다. 기다림에 지친 아내는 어느 날 꿈을 꾸었다. 꿈속에서 아내가 이 솔등에 올라 물구나무를 서서 바다를 바라보자 남편의 배가 돌아오고 있었다. 그 다음날부터 아내는 솔등의 가장 큰 소나무에 올라 거꾸로 매달려 남편의 배가 귀항하는 것을 보았다. 환영이었다. 그렇게 아내는 점차 큰 슬픔에 미쳐 가고 있었다. 어느 추운 겨울날, 아내는 소나무에 올라 남편의 환영을 보다 결국 떨어져 버렸고 그대로 얼어 죽고 말았다. 그런데 얼마 뒤 그토록 기다리던 남편이 무사히 돌아왔다. 남편은 통곡하며 아내의 시신을 그 소나무 아래 묻어 주었다. 그러자 소나무는 거꾸로 선 여인의 모습으로 변했다. 그 소나무가 바로 여인송이다.

이 여인송은 부부의 금슬을 좋게 하는 신비한 힘이 있다고 전해지기도 한다. 분계마을의 한 여자가 남편의 바람기 때문에 고생을 했다. 어느 날 이 소나무를 끌어안고 하소연을 했다. 그런데 놀랍게도 그날 이후 남편의 바람기가 싹 사라져 버렸다. 이 소문이 퍼져 나가 부부나 연인이 함께 이 소나무를 끌어안으면 영원한 사랑이 이루어진다는 믿음이 생겼다. 나무의 신화다.

비구니와
비구의 사랑이 놓은
징검다리

/

박지도

길이 끝나는 곳에서 다시 길은 시작된다. 바다 위로 난 길을 걷는다. 섬과 섬을 연결해 주는 다리. 사람의 길이어서 반갑고 고맙다. 신안의 안좌도 두리마을과 박지도를 연결하는 다리는 자동차가 다닐 수 없는 인도교다. 박지도에서 건너 섬 반월도까지 길은 이어지는데, 이 다리의 이름은 '천사의 다리'다. 사람의 다리에 천사의 다리란 이름을 붙인 것은 얼마나 속 깊은 일인가. 사람이 사는 세계에서는 사람이 곧 천사고 악마다. 천사로 살면 천사가 되고 악마로 살면 악마가 된다. 이 길에서는 누구나 잠시 천사가 되어도 좋다. 어떠한 악마의 심성도 다 내려놓고 천사의 마음으로 건너 보라. 그 마음 세상으로 되가져 간다면 세상은 마침내 천국이 되리니.

천사의 다리는 안좌도와 박지도까지 또 박지도에서 반월도까지 이어진다. 썰물이면 갯벌의 길이고, 밀물이면 바다의 길이다. 지금은 밀물의 시간. 바다는 더없이 잔잔하고 평화롭다. 천사의 다리를 건너 박지도 해안 길을 걷는다. 박지도를 한 바퀴 도는 둘레길이다. 섬은 전체 둘레가 4킬로미터에 불과할 정도로 아담하다.

　박지는 언뜻 박쥐처럼 들리지만, 박쥐와는 무관하다. 섬의 생김이 바가지 모양이어서 배기섬, 바기섬이라 하다가 박지가 됐다. 백일白— 이라는 지명도 있었는데 박지도 마을에서는 해가 뜨고 지는 모습을 모두 볼 수가 있다. 온종일 해가 드는 밝은 마을이라 백일이라고도 했다. 섬 초입 입간판의 "마을 뒷산 당에서는 매년 정월 대보름 마을의 안녕과 질병 퇴치를 위해 흠 없는 송아지를 잡아 각을 떠서 당제를 지냈다" 는 설명이 인상적이다. 송아지의 각을 뜬다는 것은 어떤 뜻일까?

　길가에는 간간이 격언 같은 구절들이 새겨진 푯말이 서 있다. 어느 푯말에는 "평온한 바다는 유능한 뱃사람을 만들지 못한다"고 적혀 있다. 섬에 맞는, 섬사람들의 삶에 어울리는 명언이라고 뽑아 쓴 듯하다. 맞는 말씀이긴 한데 그 유능한 뱃사람도 실상 거센 풍랑 몰아치는 광폭한 바다보다는 평온한 바다를 더 좋아하지 않을까. 설핏 웃음이 나온다. 이런 길에서는 웃음이 헤퍼진다.

　시원스레 솟아오른 해송 사이 길을 혼자 걷는 즐거움을 무엇에 견줄수 있을까. 이 평화로운 시간을 내 사랑하는 모든 이에게 나눠 줄 수 없음이 안타까울 뿐. 해송 숲길을 빠져 나와 바다를 보다가 나는 그만 넋을 잃고 만다. 경이로운 풍경을 목격한 때문이다. 원형이 완벽히 보존된 독살을 발견한 것이다. 해안에 돌을 쌓아 들물 때 들어온 물고기가 썰물 때 빠져 나가지 못하게 해서 잡는 함정어법을 독살이라 한다. 지금은 거의 사라진 전통어법이기도 하다.

　그런데 이 작은 섬에 완벽한 독살이라니! 나는 도저히 흥분을 가눌수가 없다. 갑자기 발길이 빨라진다. 어서 가서 주민들에게 아직도 독살로 물고기를 잡는지, 얼마나 많이 잡히는지 확인하고 싶어 안달이난 것이다. 숲에는 귀하다는 호랑가시나무들이 간간이 눈에 띈다. 호랑가시나무에게 눈을 빼앗겼다가 되찾고 길을 가는데 이번에는 바닥의 바위들이 눈을 빼앗아 간다. 길가에 나오면 내 눈은 언제나 내 것이아니다. 눈을 뺏으러 달려드는 눈 도둑들. 하지만 나는 이 도둑들이 고맙기만 하다. 내 눈을 훔쳐 가는 도둑이 많을수록 내 눈은 더욱 크고맑아진다. 안목은 그렇게 열리고 키워지는 것이다.

　길게 누운 바위는 기둥 같기도 하고 어떤 조각품 같기도 하다. 누군가 일으켜 세우려다만 미륵일까. 일으켜 세우기만 하면 그대로 미륵불이 될 듯하다. 나 또한 일으켜 세워 보고 싶은 마음이 굴뚝같지만, 서원도 부족하고 정성도 부족하고, 기도도 부족한 나는 결코 미륵을 세울수가 없다. 그대로 누워 계시라 미륵이여. 그대가 일어선다고 이 사바(忍土)의 고통이 줄어들지는 않으리라. 어차피 이 세계는 견뎌야하는땅. 오십칠억 년 뒤에야 오신다는 그대. 오십칠억 년 뒤의 약속이란 지키지 않겠다는 약속과 같다. 가늠할 수 없는 시간만큼이나 가늠할 수없는 약속. 헛된 기대로 시간을 탕진하기에 인간의 삶은 너무도 짧다!

독살보다 소중한 농업 유산

　오 리쯤이나 될까. 해안 길을 돌아서니 마을이다. 길가에서 마침 이
장님을 만났다. 커피나 한잔하고 가라고 경로당으로 이끄신다. 경로
당에는 마을 노인들이 마실을 나와 한담을 나누고 있다. 이런 복이 있
을까. 많은 이야기를 들을 수 있겠구나. 문을 열고 들어서자마자 나는
참았던 궁금증을 터뜨린다.

　"오다 보니 독살이 있던데 아직도 사용하나요?"
　"독살처럼 생겼지만 독살이 아니요."
　일흔둘의 정오용 박지도 이장님이 답변하신다.
　"아니, 그럼 무언가요?"
　"논이었어요."

　논 이야기가 나오자 경로당이 분분해진다. 마을의 뒤안이어서 그
지역은 뒷면이라 부른다. 뒷면의 논은 섬사람들이 둑을 쌓아 만든 간
척지 논이었는데 오랫동안 농사를 짓지 않다 보니 바닷물이 들어와서
둑이 허물어지고 다시 갯벌이 되었다. 독살처럼 보이는 돌담은 그 둑
의 일부란다. 한 사백여 년 전 둑을 쌓아 만든 논이 유실된 게 이십여
년 전의 일이다. 조금씩 균열이 가던 둑이 바닷물의 압력에 버티지 못
하고 아주 터져 버린 것이다.
　논농사를 지을 때는 사람들이 해마다 둑을 보수하고 관리했다. 마
을 사람들이 모두 갯벌에 나가 일렬로 서서 뻘 흙을 퍼서 전달해 주면

그것으로 터진 곳을 '땜빵'했다. 둑의 안쪽에는 원안이라는 것도 있었다. 제방과 논둑 사이에 고랑을 파서 물을 채운 것이 원안인데, 원안은 논에 바닷물이 스며드는 것을 방지하는 완충지대 역할을 했다. 그래서 그런 논들은 원안의 논이라고도 했다.

독살이 아니라는 마을 사람들 이야기를 듣고도 나는 실망하지 않았다. 이건 독살보다 더 중요한 발견이 아닌가. 독살은 어업 유산이지만, 원안의 논은 섬의 농업 유산이고 갯벌 문화다. 참으로 흥미롭고 소중한 유물이다. 사람이 갯벌을 빼앗아 논을 만들자 바다는 갯벌을 되찾으려고 끊임없이 싸움을 걸었다. 그러다 방조제에 구멍을 내서 마침내 갯벌을 되찾아 간 것이다. 사람에 대한 바다의 승리. 갯벌이 논이되고 논이 다시 갯벌이 되는 생태 순환의 산 증거물이 아닌가. 반드시 보존해야만 할 자연 유산이고 농업 유산이다.

그런데 걱정이다. 이 유산 또한 곧 사라질 위기에 처해 있기 때문이다. 머잖아 섬의 해안 전체를 둘러쌀 방조제 공사가 진행될 예정이란다. 내륙의 먹잇감이 줄어들자 토건족들이 섬과 바다로 눈을 돌린 것은 이미 오래전이다. 그것은 주로 섬의 간척이나 방파제 공사, 조력발전소 건설 등이었다. 그런데 이제는 섬의 농토와 토양 유실을 명분으로 곳곳에서 방조제 공사를 벌이고 있다. 새로운 먹잇감을 찾아낸 것이다.

이런 토목 공사는 보통 수십, 수백 억의 예산이 쉽게 쓰인다. 농사

도 짓지 않는 농토, 폐전으로 습지가 된 염전 땅들(그 땅들은 대부분 도시의 투기꾼들 소유다)을 보호한다는 명목으로 세금 도둑질을 하고 있는 것이다. 그렇게 도둑질 당하는 혈세가 해마다 수조는 족히 넘을 것이다. 게다가 혈세를 낭비해서 자연스런 해안 지형까지 파괴한다. 이야말로 바다판 4대강 공사다. 그런데 이 토건족들의 범죄는 소리 소문 없이 은밀하다. 나라의 재앙이고 우환덩어리다. 어떻게든 보존할 방법을 찾아봐야겠다.

작은 섬이지만 박지도는 어업이 없고 농사가 주업이다. 지금은 묵히고 있지만 예전에는 산꼭대기까지도 논이 있었다. 물이 좋았기 때문이다. 섬에 어업을 하는 사람이 없는 것은 섬이 바가지가 엎어진 모양이기도 하지만, 배가 엎어진 모양이기도 했기 때문이다. 배가 엎어진 섬은 배 사업을 하면 성공할 수 없다는 속설이 있었던 것이다.

경로당의 노인들은 이구동성으로 박지도의 인심이 어느 섬보다 좋았고 지금도 좋다고들 말씀하신다.
"여기 사람들이 순해요. 섬이 보통 억센데 여기 사람은 말도 순해요."
심성이 순하고 인심까지 후했으니 한국전쟁 무렵에는 피난 온 사람들한테 집을 지어 주고 식량까지 대줘서 먹여 살렸다. 섬은 오래전부터 부촌이었다. 돈벌이가 많아서가 아니라 살림을 잘해서 부촌이 됐다. 박지 사람들은 농협에 빚진 사람이 하나도 없다. 오히려 돈을 빌려 주고 산다. 농사가 더 이상 돈이 되지 못하는 세상. 농사지어서 얼마나 큰 재산을 모았겠는가. 그저 모든 것을 아끼고 또 아낀 결과다. 큰돈을 벌어서 부자가 아니라 빚이 없이 알뜰하고 자족하며 살아가니 부자들인 것이다.

당제 이야기를 안 물어 볼 수가 없다.
"당제 모실 때, 송아지의 각을 떴다는 이야기는 무슨 뜻인가요?"
인근에서도 박지 당은 유명했더란다. 해마다 정월 당제를 모실 때가 오면 마을에서는 흠결 없이 깨끗한 송아지를 한 마리 샀다. 송아지는 열흘 동안 잘 먹여 살을 찌웠다. 정월 열나흗날 당이 있는 산 정상까지 끌고 갔다. 이상하게도 송아지는 순하게 잘 따라갔고 당 앞에서 딱 멈췄다. 제관은 옹달샘에서 목욕재계를 하고 송아지를 잡아 바쳤다. 또 백설기 떡을 하고 밥을 지어 제단에 올렸다.

당제가 끝나면 제주는 송아지를 53덩이로 균등하게 잘랐다. 당시 마을이 53가구였기 때문이다. 송아지 각을 뜬다는 이야기는 여기서 비롯한 것이다. 제관은 각을 뜬 송아지 고기를 지게에 지고 마을로 내려왔다. 그러고는 마을 사람들의 쉼터인 멀구슬나무 아래에 지게를 받쳐 놓았다. 그러면 마을 사람들이 와서 자기 몫의 송아지 고기를 한 덩이씩 가져갔다. 하지만 게 중에 제사 고기 먹는 것이 깨름(꺼림직)한 사람은 안 가져갔다. 임산부가 있는 집도 안 가져갔다. 머리와 내장 등 부속물은 제주가 큰 가마솥에다 국을 잔뜩 끓여서 마을 사람들과 나누어 먹었다. 백설기 떡도 잘라서 나눠 먹었는데 그러면 부스럼이 안 난다는 믿음이 있었다.

그 시절에는 설날부터 한 달을 내리 놀았다. 그야말로 한 달 내내 잔치였다. 가난했지만 집집이 나누고 살 줄 알았다. 그래서 "정월달 같으면 남의 집 머슴 안 산다"는 속담도 생겼다. 그렇게 흥청거리던 섬이 이제는 조용하다. 박지도 또한 노인들만 사는 늙은 섬이 되고 말았다.

그리움이 놓은 징검다리 '중노두'

다시 박지도 마을을 벗어나 해안 길을 따라 걷는다. 길은 어느새 섬의 초입으로 이어진다.

박지도와 반월도 사이에도 노두가 있었다. 노두는 바다를 가로질러 갯벌에 놓인 징검다리다. 박지, 반월의 노두에 얽힌 전설은 애틋하다. 두 섬 사이의 노두는 '중노두'라 한다.

옛날 박지도의 암자에는 젊은 비구 한 사람이, 반월도 암자에는 젊은 비구니 한 사람이 살고 있었다. 얼굴을 본 적이 없었지만, 박지도 비구는 멀리서 아른거리는 자태만 보고 반월도의 비구니를 사모하게 됐다. 그러나 바다와 갯벌이 가로막아 오갈 수가 없었다. 달 밝은 밤이면 들리는 반월도 비구니의 목탁 소리에 사모의 정은 더욱 깊어졌다. 그러던 어느 날 박지도 비구는 망태에 돌을 담아 반월도 쪽을 향해 갯벌에 부어 나가기 시작했다.

그렇게 몇 년의 시간이 지났다. 이제 반월도 비구니도 광주리에 담은 돌을 머리에 이고 박지도 쪽을 향해 부어 나가기 시작했다. 그렇게 또 오랜 시간이 흘렀다. 두 사람은 어느새 중년이 되었고 마침내 두 돌무더기 길은 서로 만났다. 두 사람은 손을 잡고 하염없이 눈물을 흘렸다. 그 사이 들물 때가 되었고 바닷물이 불어나기 시작했으나 두 사람은 움직일 줄을 몰랐다. 마침내 둘은 서로를 부여안고 물속으로 사라져 버렸다. 썰물이 되자 돌무더기 길만 남았다.

두 남녀의 그리움이 놓은 징검다리 노두. 어째서 그리움의 끝은 비

극의 시작인가. 물거품 같은 사랑이 두려워 그들은 물거품처럼 사라져 버린 것일까. 사랑도 하염없고 바다도 하염없다. 이제 더 이상 저 사랑의 노둣길을 건널 자 세상 어디에도 없는 것일까. 건널 것인가 돌아설 것인가. 나그네는 내내 머뭇거리고만 서 있다.

어디서
무엇이 되어 다시
만나랴

/

안좌도

함께 사는 섬, 유인도

바다나 강, 호수 등의 물로 둘러싸인 육지의 일부를 섬이라 한다. 그렇다면 유인도와 무인도는 어떻게 구분할까. 사람이 사는 섬은 유인도, 사람이 살지 않는 섬은 무인도일까. 사람이 살지 않는 섬이 무인도인 것은 맞다. 하지만 사람이 사는 모든 섬이 유인도는 아니다. 국제 해양법은 사람이 사는 섬이라 해서 모두 유인도라고 인정하지 않는다. 섬에 두 세대 이상 거주하고 식수가 있고, 나무가 자라야 유인도라 한다. 세 가지 중 하나라도 부족하면 그 섬은 유인도가 아니다.

물이 없고 나무가 자라지 못하는 섬이라면 사람이 살 수 없으니 유인도가 될 수 없는 것은 당연하다. 하지만 물이 있고 나무가 자라고 한 세대가 거주하는 섬을 유인도가 아니라고 하는 이유는 무엇일까. 언뜻 보기에 타당하지 않은 듯한 이 규정은 사람살이(有人)에 대한 정확

한 개념 정의이기도 하다. 사람이 산다는 것은 홀로 사는 것이 아니라 함께 사는 것이니 사람이 살아도 홀로(한 세대) 사는 섬은 유인도가 아니라는 뜻이 아니겠는가. 섬도 숨어서 홀로 살 수 있는 곳은 아니다. 섬뿐이랴. 사람이 땅에 발 딛고 사는 한 홀로 살 수 있는 곳은 어디에도 없다. 우리는 모두 커다란 화폭 속에 찍힌 하나의 점이다. 점들이 모여 비로소 인간이 되고 인류가 된다. 저 수화 김환기의 그림처럼.

섬이 그리워 목이 길었던 김환기

목포를 출항한 여객선이 한 시간의 항해 끝에 안좌도 읍동항에 입항한다. 포구에는 대합실과 가게만 몇 집 있을 뿐 마을은 더 깊이 들어간다. 안좌도는 '항아리와 여인들', '어디서 무엇이 되어 다시 만나랴'의 작가 수화 김환기 화백의 고향이다. 읍동리, 그가 살던 집을 찾는다. 안채는 'ㄱ' 자형 기와집이고 바깥채는 'ㅡ' 자형 기와집이다. 곳간과 건넌방, 대청, 안방. 정지(부엌), 정지 옆에서 'ㄱ' 자로 꺾어져 다시 한 칸의 방이 더 들어섰다. 살림살이가 넉넉했던 듯 제법 번듯한 기와집이다. 백두산에서 벌목한 나무를 이 먼 남쪽 섬까지 실어다 집을 지었으니 왜 아니겠는가.

저렇게 많은 중에서
별 하나가 나를 내려다본다.
이렇게 많은 사람 중에서
그 별 하나를 쳐다본다.

밤이 깊을수록
별은 밝음 속에 사라지고
나는 어둠 속에 사라진다.

이렇게 정다운
너 하나 나 하나는
어디서 무엇이 되어
다시 만나랴.

—김광섭 詩, '저녁에'

수화의 생가에는 복사본 그림 한 장 걸려 있지 않고 그의 사진과 약력이 적힌 안내판 하나가 전부다. 마을 사람은 "옛날에는 초등학교에 김환기의 그림이 있었는데 누군가 가져가 버렸다"고 아쉬워한다. 그때는 누구도 추상화의 가치를 모를 때라 눈 뜨고 그림을 도둑질 당했다는 것이다. 시골에서 흔히 있는 일이었다.

수화는 한국 현대 미술의 거장으로 서구 모더니즘을 한국화했다는 상찬을 받고 있다. 화업을 시작하던 초기에는 추상 미술의 선구자였고, 프랑스와 미국에서 활동하는 동안 한국 미술의 국제화를 이끌었으며 절제된 조형성과 한국적 시 정신을 바탕으로 한국 회화의 정체성을 확립했다고 평가받는다. 1913년 안좌도에서 태어난 수화는 중학교 때 서울로 유학을 갔다가 곧 중퇴하고 고향 섬에 내려갔으나 금방 다시 일본으로 떠났다. 일본에서 그림을 공부한 뒤, 1937년에 귀국했다.

고향 섬에서의 삶은 유년기가 전부이지만, 섬에서의 기억은 평생 예술의 자양분이 됐을 것이다. 수화의 대표작 '어디서 무엇이 되어 다시 만나랴'는 김광섭의 시 '저녁에'의 마지막 구절을 제목으로 가져다 쓴 작품이다. 1970년 한국일보에서 주최한 제1회 한국미술대상전에서 대상을 받았다. 수화는 뉴욕이라는 거대한 도시의 밤하늘을 바라보며 수많은 인연을 하나하나의 점으로 새겨 넣었다고 한다. 그리운 사람이 생각날 때마다 하나씩 하나씩 찍어 나간 점들이 모여 그림을 완성한 것이다. 그래서 이 작품은 고국에 대한 그리움과 삶과 죽음을 넘나드는 우주적 윤회를 담고 있다는 평가를 받는다.

수화는 1974년 7월 갑작스런 뇌출혈로 쓰러져 뉴욕에서 이승을 하직했다. 끝까지 그의 곁을 지킨 부인 김향안(본명 변동림)은 스무 살 때, 여섯 살 연상의 시인 이상과 결혼했다. 하지만 이상은 넉 달 만에 요절해 버렸고, 김향안은 딸 셋을 둔 수화와 재혼해 임종까지 곁을 지켰다. 1992년 서울 종로구 부암동에 '환기미술관'이 세워졌고, 안좌도에 있는 그의 생가는 2007년에 국가지정문화재 중요민속자료 251호로 지정되었다.

키가 유달리 컸던 수화는 목이 길었다. 누군가 당신은 왜 그렇게 목이 기냐고 묻자, 그는 자신은 섬사람이라 육지가 그리워서 목을 뺏더니 그만 길어지고 말았다고 대답했단다. 나그네는 그 마음을 이해할 것도 같다. 섬에서 자란 나그네 또한 어릴 적 여객선의 뱃고동이 울릴 때마다 뭍에서 누가 오지 않을까 하는 설렘에 목을 빼곤 했다. 끝끝내 오지 않는 것들에 대한 기다림. 늘 실망하면서도 그 기다림을 멈출 수가 없었다. 그 기다림이 부질없음을 깨달을 정도로 자란 아이들은 섬을 떠났다. 섬을 떠나 뿔뿔이 흩어진 아이들은 어른이 된 뒤에야 서로의 생사를 확인할 수 있었다. 더러는 어디서 무엇이 되어 다시 만났고 더러는 끝내 다시 만나지 못했다. 만난 이들도 결국 다시 흩어져 갔다.

여자들 바람기를 제압하기 위해 세운 남근석

과거 안창도에 속했던 안좌도의 대리마을에는 세 개의 성기 바위가 있다. 남자의 성기가 둘이고, 여자의 성기가 하나다. 남근석 둘은 마을 앞의 밭을 사이에 두고 마주 서 있다. 남근석은 화강암을 거칠게 조각해서 세웠다. 여근석은 마을 뒷동산인 후동산 정상에 있다. 남근석은 마을의 당제 때 당신으로 모셔지기까지 했다.

옛날 이 마을 여자들은 바람이 잘 나기로 유명했다. 마을 장로들은 여자들의 바람기가 후동산의 여근석이 눈에 띄기 때문이라고 생각했다. 그 부정한 기운을 막기 위해 여근석 앞에다 소나무를 심어서 가렸다. 그래도 걱정이 남아 마을 입구에 남근석 두 기를 세워 음기를 제압하고자 했다. 그 후에 마을 여자들의 바람기가 잠잠해졌는지 어쨌는지 그에 대한 이야기는 남아 있지 않다. 아주 없어지기야 했겠는가. 더 은밀해졌겠지.

과거 대리마을은 섬에서도 손꼽히게 큰 마을이었다. 한데 얽혀 사는 사람이 많으니 바람 잘 날도 없었겠지. 그 바람이 어디 말없는 바위 탓이겠는가. 그런데 한 가지 궁금증이 남는다. 장로들은 대체 무슨 근거로 여자들이 여근석을 보고 바람이 난다고 생각했을까. 여근석을 보고 음심이 동한 것은 장로들을 비롯한 남자들이 아니었을까. 더구나 여자들이 바람을 피우는 상대는 남자들일 텐데 어째서 남자들의 바람기는 제압할 생각을 안 했던 것일까. 바람의 원인을 여자들에게 뒤집어씌운 것은 장로들도 뭔가 스스로 찔리는 것이 많아서는 아니었을까.

대리마을 입구에는 예순 그루 남짓한 팽나무 고목들이 마을을 감싸

안고 있다. 사백여 년 전 방풍림으로 조성되었던 숲의 일부다. 신앙적 의미가 있는 우실 숲이기도 하다. 우실의 어원은 '울실'로 '마을의 울타리'라는 뜻이다. 불어오는 바람을 막아 농작물 피해를 막는 한편 액운도 막는 신앙적 의미로 돌담을 쌓거나 나무를 심은 것이다. 본래 마을 앞은 갯벌이었다. 매립이 되면서 바다는 농토가 되었고, 숲은 대부분 훼손되었다. 간척이 되기 전 갯벌은 숭어, 농어, 도다리, 광어, 낙지, 문어 등이 바글거리는 황금어장이었다. 갯벌을 매립한 것은 바다에서 나는 이익보다 땅에서 나는 이익이 컸기 때문이다. 갯벌은 사람의 이익에 따라 바다가 되기도 하고 땅이 되기도 한다. 이제 바다에서 나는 이익이 더 커졌으니 땅도 다시 바다가 될 수 있을까.

안좌도는 본래 안창도와 기좌도 두 개의 섬이었는데, 두 섬 사이 바다가 간척으로 매립되어 하나가 된 것이다. 안창도 쪽의 남강리와 기좌도 쪽의 향목 사이의 바다가 메워졌다. 남강리마을에서 만난 노인은 양쪽 나루터의 주막에서 막걸리를 마시며 배를 타고 건너 다녔던 옛날을 회상하며 우수에 잠긴다.

이제 두 섬 사이를 흐르던 물길은 끊겼다. 남강리마을 앞 해변에는 외로운 백로 하나, 홀로 먼 산을 보고 서 있다. 물고기 한 마리 자셨는가. 오늘 굶주림을 면했으니 족하다. 집도 없고 쌓아 둔 먹이도 없으나 더 갖지 못해 노심초사하는 근심도 없다. 사람이 한 마리 새보다 나은 것이 무엇일까. 오늘 굶주림을 면하고, 이슬 피할 잠자리를 구했어도, 평생 살집, 평생 먹을거리를 쌓아 놓고도 도대체 근심은 떠날 줄을 모른다.

칠성바위, 고인돌과 마을 샘

안좌도에는 곳곳에 청동기시대의 무덤인 고인돌이 남아 있고 백제 시대의 석실고분도 보존되어 있다. 고인돌의 존재는 선사시대부터 많은 사람이 살았다는 증거다. 지금까지 발견된 고인돌들 중 가장 규모가 큰 것은 방월리의 고인돌군群이다. 크게 네 개의 무리가 있는데 마을 초입에도 있고, 우물가에도 있고, 밭 가운데도 있다. 마을 우물 주변에 있는 고인돌은 칠성바위라 부른다. 고인돌은 매년 정월 보름날 거행하던 방월마을 당제의 아랫당이기도 했다. 본래는 일곱 기가 있었는데 지금은 네 기만 남아 있다. 도로 공사를 하면서 들어내거나 파손됐다. 고인돌에서는 돌칼과 돌화살, 민무늬토기 등이 출토됐다.

방월리 노인당에 모여 놀던 할머니들은 고인돌이 화제에 오르자 너도나도 한 마디씩 거들고 나선다. 오랜 세월 고인돌 아래서 칠성님께 기도하곤 했으니 어찌 사연이 없겠는가. 고인돌 바로 옆에는 마을 공동 우물이 있다.

"그 새미 하나로 아흔다섯 집이 물을 먹었어."

이 섬에서도 통영처럼 샘을 새미라 한다. 아흔다섯 가구 수백 명의 식구들이 물을 길어 먹어도 될 만큼 샘은 수량이 풍부했다. 게다가 샘터에서 빨래까지 했으니 마을 샘은 마르지 않는 생명의 원천이었다. 샘 옆에 살던 한 할머니는 명절 때마다 샘에 밥을 해서 올렸다. 마을의 생명줄이니 샘에 어찌 공을 들이지 않았을까.

여름에는 시원한 샘이 겨울에는 김이 푹푹 났다. 겨울인데도 물이 따뜻해서 손도 안 시렸다. 어느 해에는 고인돌과 마을 샘 위쪽에 공회당을 지었다. 그랬더니 "샘물이 보타 버렸다." 마을에서는 난리가 났다. 결국 공회당은 철거되고 말았다. 샘의 신이 노한 것일까. 공회당을 뜯어내자 다시 물이 솟아났다. 지금은 "가정새미"가 생기고 수도도 들어와서 옛날처럼 마을 샘에 정성을 드리지 않는다. 그래서일까? 어느 때부터 마을 샘물이 시퍼렇게 변해 버렸다고 노인들은 못내 아쉬워한다.

"산 사람은 날 가고
달 가면 살아지는데"

팔금도

"소가 멍청한 사람보다 낫다 안 합디야"

팔금도 읍리마을. 소막(외양간)이 보여 집 안을 기웃거리는데 노인
한 분이 농약 통을 지고 나온다. 소막에는 어미 소와 중소 하나가 갇혀
있다. 늦은 저녁, 밭에 약을 하러 가시는가 보다. 노인은 처음 보는 나
그네를 붙들고 대뜸 하소연이다. 얼굴이 불쾌한 것을 보니 낮부터 한
잔자신 모양이다.

"농민들이 (소를) 기를 수가 없어요. 사료금은 오르지요. 산지 소끔
(소 값)은 떨어지지요. 소끔이 떨어지면 사 먹는 가격도 떨어져야 하는
데 값은 그대로지."
산지 가격이 떨어져도 소비자 가격은 변함이 없는 것이 소 값뿐
일까.

58
—
59

"산지 소는 아주 그저 가져갑니다. 정부가 농민들 죽일라고 작정을
했어요."

노인은 벼농사 외에도 녹두와 콩, 참깨, 고추 농사를 짓지만 일손이
없어서 목포에서 인부들을 사 온다. 밭 1,500평, 논 700평 농사를 지
어도 인부들 일당 주고, 비료, 농약 값 제하고 나면 남는 것이 없다.

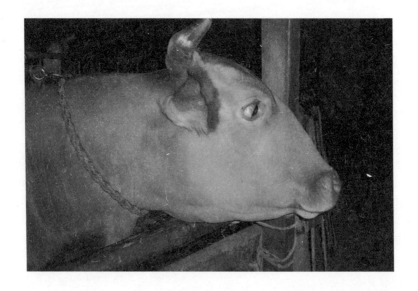

"인자는 우리 농사꾼들도 아주 농사를 짓지 말아야 할랑 갑소. 우리
묵을 만치만 짓고 절대로 내다 폴지도 말아야지."

할아버지의 푸념이 계속되는데 집 안에서 허리가 아주 굽은 할머니
한 분이 지팡이를 짚고 나오신다. 할머니는 소막의 물 호스를 잡으며

어미 소에게 대뜸 지청구부터 한다.

"뭔 지랄이여. 저랑께 맨날 딸겅딸겅."

어미 소가 가려운 데를 긁으려고 자꾸 먹을 물을 주는 호스에 머리를 가져다 대니 물 호스가 물통에서 빠져 버린 것이다. 머리 긁는 소리가 딸강딸강 났나 보다.

"개란 데 긁을라고. 사람보다 안 영리하요. 그라께 소가 멍청한 사람보다 낫다 안 합디야. 짚을 좀 줘야 쓸랑갑다. 똥에 드러눴게."

할머니는 할아버지에게도 지청구를 빼먹지 않는다.

"저라고 워치케 가서 약하까잉 큰일이네."

술 취한 할아버지가 비틀거리며 농약 통이나 제대로 멜 수 있을지 걱정인 것이다. 할머니는 마른 짚단을 풀어서 질척한 바닥에 깔아 준다. 송아지를 벗어나 중소가 다된 새끼 소는 여전히 장난기가 남아 있다. 자꾸 제 밥그릇에 발을 넣어 본다. 아무리 인내심 많은 소라지만 좁은 소막에 갇혀 종일 서 있자니 얼마나 심심하고 답답할까.

"이눔아, 뭐 한다고 자꾸 니 밥 구덩에다 발을 넣고 지랄이냐."
할머니는 지청구를 하면서도 소의 머리를 긁어 준다.

여덟 마리의 새로 날아오르다

안좌도, 팔금도, 자은도, 암태도 등 네 개의 섬은 서로 다리로 연결되어 이미 하나의 생활권이 되었다. 본래 팔금도는 매도, 거문도, 거사도, 백계도, 원산도, 매실도, 일금도 등 여덟 개의 섬으로 분리되어 있었다. 여덟 개의 섬은 갯벌이 메워져 간척이 되면서 하나의 섬으로 재탄생했다. 새 모양으로 생긴 팔금도의 금당산金堂山이 이들 여덟 개의 섬을 거느리고 있다 해서 팔금도八禽島란 이름을 얻었다고 전해진다.

팔금면 소재인 읍리마을 초입에는 3층 석탑이 있고, 그 옆에는 열녀비와 효자비가 함께 모셔진 제각이 있다. 3층 석탑은 고려시대 조성된 것으로 추정되는데 1970년경 탑 주변에서 앞부분이 떨어져 나간 □평흥국(□平興國)이란 연호가 새겨진 기와편이 발견되었기 때문이다. 사라진 글씨는 태太 자였을 것으로 추정되고 있다. 태평흥국은 송 태종太宗 조광의趙匡義(재위 976~997)의 첫 번째 연호로 976년 12월부터 984년 11월까지 약 8년간 사용됐다.

석탑의 존재는 당시 이 일대에 제법 규모가 큰 불교 사찰이 있었다는 증거다. 사찰의 흔적은 또 사찰을 운영할 수 있는 세력이나 집단이 이 섬에 존재했다는 사실을 입증해 준다. 지금은 쇠락한 팔금도가 그 옛날에는 제법 융성했던 것이다. 이 석탑은 1942년 작성된 '조선보물고적자료'에도 소개됐을 정도로 일찍부터 그 가치를 인정받았다. 발견당시에는 5층이었는데 일부가 소실되고 지금은 3층만 남아 있다.

일전에 왔을 때는 열녀비와 효자비를 보호하는 건물의 지붕이 허물어져 더 이상 돌보는 사람이 없는 줄 알았는데 오늘 다시 오니 새롭게 단장되었다. 두 비석이 나란한 것은 아마도 수절하여 자식을 성공시킨 어미에 대한, 조정 관리가 된 아들의 효성이 지극했던 까닭이리라. 아들은 통훈대부, 사헌부 감찰의 지위까지 올랐다.

스무 살 처녀가 여든 노인이 되도록

팔금도 당고리마을 길가 어느 집, 우연히 담장 너머를 들여다봤더니 마루에 고양이 떼가 우글거린다. 한두 마리도 아니고 열 마리는 족히 넘을 듯한데 할머니 곁에 있는 걸 보니 도둑고양이는 아니다. 아니 무슨 까닭에 저처럼 많은 고양이를 키우시는 걸까. 궁금증을 참지 못하고 마당으로 들어선다.

"한 쌍이 왔는데 열 마리도 넘게 됐어요. 우글우글 앉아 있으면 얼척(어처구니) 없어요."

할머니는 이 집의 주인이 아니다. 주인이 목포에 나간 사이 잠깐 고양이들 밥도 주고 돌봐 주러 온 것이다. 이 집 주인의 막내아들이 서울 사는데 지난해 1월 1일 그 춥던 날 고양이 두 마리가 문 밖에 찾아와 울기에 문을 열어 줬더란다.

"그래서 인정 많은 새끼가 키웠던 갑소."

그런데 아들은 고양이를 더 이상 감당하지 못하게 되자 고향의 어머니 집으로 보냈고 그것들이 새끼에 새끼를 쳐서 지금은 스무여 마리로 불었다. 고양이들은 좀체 집 밖으로 나갈 생각을 않는다. 목포까지 나가 사료를 사다 먹이는 일도 보통 고역이 아니다. 주인은 산목숨들이라 어쩌지 못해 거두고 있지만, 어디로 다들 나가줘 버렸으면 하는 마음이 굴뚝같단다. 밥을 주는 집을 떠나기 싫은 고양이들 마음도, 그 고양이들 거두느라 등골이 휘는 주인 마음도 모두 이해가 된다.

스물한 살 암태도 처녀가 시집와 팔금도에서 여든 노인이 됐다.
"인자는 자식도 필요 없어요. 삼시로 이우제서 이라고 살아야제."
이웃이 자식보다 낫다는 할머니의 말씀. 초상이 났는지 마을 앞산에서 검은 상복을 입은 사람들이 떼를 지어 내려온다. 선산에 장례를 마치고 오는 것일 게다. 동네 할머니 한 분이 시아버지 제사 지내러 목포에 나갔다가 그만 쓰러져 돌아가셨다. 목포에서 화장을 한 뒤 자식들이 유해를 모시고 들어와 선산에 묻었다.
"갑자기 그라고 죽었다우. 겁나게 불쌍해요. 시골 살면 고생이제. 농사짓고 살면."

조문객들은 대부분 생전의 할머니가 다니던 교회의 교인들이다.
"이단이라고 하드냐. 교도 몇 단 몇 단 있는 갑다. 난 일단 이단 삼단도 안 믿어요. 아자씨는 멀 믿으요."
"아뇨. 저도 아무 단도 안 믿습니다."
조문객들은 이단이라고 지목된 교회의 신자들인 모양이다. 고인의 남편은 살아계신 모양인데 그것이 또 걱정이다.

"워매 워매 어치고 사까. 불쌍해라."
할머니는 고인의 남편을 걱정하다 이내 죽은 이가 더 불쌍하단 생각
이 드시는 모양이다.

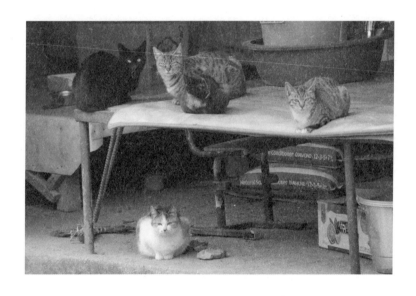

"산 사람은 달 가고 날 가면 산디, 죽은 사람은 생전도 못 오고…."
할머니의 한탄이 구성진 가락이다.
"산 사람은 살다 보면 다 삽디다. 산 사람은 좋은 일도 보고 궂은일
도 보고. 한번 죽어 빌면 생전도 못 오고."
좋은 일뿐이랴! 궂은일도 살아 있음의 증거니 무엇을 한탄하랴. 죽
은 자만이 불쌍하고 또 불쌍타!

할머니는 혼자만 살아남은 것이 미안하고 또 미안하다. 그래서 영감이 돌아가신 뒤에는 한동안 무덤엘 가지 못했다.

"영감 죽어도 부끄럽다. 영감 죽고 돌아댕긴다고 흉볼까 봐 묏등에도 못 갔어라우."

한번 가면 못 돌아오는 세상. 살아남은 것이 그토록 죄스럽기만 한 세월도 있었다.

2부

중국의 닭
우는 소리
들리는 섬

/
가거도

애야 술배야

술배 소리로 퍼질 때

멸치야 멸치야

너는 죽고 나는 살자

애야 술배야

애야 술배야

— 가거도 멸치잡이 노래

자연산 신화

가거도 대리마을, 식당 주인은 자연산 미역에 대한 자랑이 한창이
다. 어딜 가나 사람들의 자연산에 대한 집착은 대단하다. 자연산이 맛
있고 자연산이 건강에도 좋다는 믿음 때문이다. 사료를 먹이고 가두

어 키우는 어류의 경우 자연산에 대한 선호는 근거가 있다. 하지만 미역이나 다시마, 톳 같은 해초들까지 무조건 자연산이 좋은 것은 아니다. 굴이나 홍합 등의 조개류도 그렇다. 이들은 바닷물에 포자만 담가두면 스스로 자라는 것들이다. 자연산이나 양식의 구별이 무의미하다. 실상 이들의 경우 자연산이냐 양식이냐보다는 얼마나 깨끗한 물이나 갯벌에서 자랐느냐가 관건이다. 특히 해초는 해독 작용이 뛰어나다. 수질 정화에도 해초는 일등 공신이다. 해초는 사람 몸의 독을 제거하는 데도 유용하다. 그런 만큼 해초는 그 속에 많은 독을 지니고 있다. 수질이 나쁜 해역에서 자란 해초는 자연산이든 양식이든 몸에 좋을 까닭이 없다. 청정한 바다의 해초는 양식이든 자연산이든 나쁠 까닭이 없다. 그러므로 가거도 미역이 좋은 것은 자연산이라서가 아니다. 물이 깨끗하기 때문이다.

소흑산도가 아니라 가거도

한국 최서남단의 섬, 가거도. 쾌속의 여객선으로도 목포항에서 4시간 30분 뱃길, 목포에서 서남쪽으로 136킬로미터나 떨어진 머나 먼 낙도다. 중국의 상하이와는 직선거리 435킬로미터, 서울과의 거리와 거의 같다. 그래서 가거도에서는 중국의 닭 우는 소리가 들린다는 속담이 농담처럼 전해진다. 국경의 섬답게 가거도항 부근의 이정표도 국제적이다. 오키나와 355킬로미터, 필리핀 2,180킬로미터, 서울 420킬로미터 등으로 표시되어 있다.

섬은 일제에 의해 소흑산도라 이름 붙여졌으나 해방 이후에야 본 이름을 되찾았다. 진짜 소흑산도는 가거도가 아니라 우이도였다. 서남해의 어업 전진기지로 어부들에게는 친숙한 섬 가거도에 뭍의 관광객들이 몰리기 시작한 것은 불과 십 년이 되지 않는다. 영화와 방송 등을 통해 소개된 뒤 방문객이 급증했다. 가거도에는 대리, 항리, 대풍마을 세 개의 자연부락이 있다. 가장 큰 대리마을의 대로변은 식당과 여관, 낚싯배 운항 등의 관광 수입이 크다. 앞자리를 차지한 것은 대부분 이재에 일찍 눈이 트인 상대적으로 젊은 사람들이다. 뒷자리에 사는 노인들은 해초와 후박나무 껍질 등을 말려다 팔지만 수입은 크지 않다.

민박집 식당에서 점심을 먹고 나니 울렁거리던 속이 조금은 진정된다. 오늘 가거도행 여객선 승객들은 대부분 멀미에 시달렸다. 다른 날보다 파도가 높았던 까닭이다. 빈속에 배를 탄 사람들은 더욱 극심한 멀미에 고생을 했다.

"우리가 오라고는 안 했지만 오늘 같은 날 멀미하고 그라면 괜히 우리가 미안하고 그거이 있드라고요."

멀미의 책임이 자신에게 있는 것처럼 식당 안주인이 미안해한다. 오래전부터 가거도 근해는 유명한 참조기 어장이다. 1960년대 말 연평도나 칠산어장의 조기가 멸종된 뒤에도 가거도를 비롯한 흑산도 바다에서는 조기가 잡혔다. 그 시절 가거도는 또 파시로 성황을 이루었다. 여름철이면 멸치와 조기 등을 잡으러 전국에서 몰려온 수천 척의 배가

가거도와 흑산도 일대 바다를 뒤덮었다. 가거도에 어선들이 들어오면 가거도 여인들은 양동이에 물을 이고 어선에 물을 팔러 다니기도 했다. 근래에는 멸치가 잘 나지 않는다. 대신 불볼락(열기)이 많이 잡힌다. 불볼락은 배를 따서 냉동한 뒤 목포의 상회로 보낸다. 하지만 어민이 받는 가격은 보잘것없다. 이익은 늘 중간상의 몫이다.

저 싸우지 않는 소들처럼

대리마을 비탈진 언덕을 넘어 항리마을까지 걷는다. 해안도로는 신안군에서 가장 높은 독실산(639미터) 허리를 휘감고 돈다. 7월의 한낮, 대기를 뚫고 쏟아져 내리는 직사광선을 견딜 수 있게 해 준 것은 황망하게 큰 바다의 청옥처럼 푸른 물빛과 나무들이다. 길 중간 중간 지칠 만하면 어김없이 나타나 그늘을 드리워 주는 구실잣밤나무 고목들, 독실산 계곡에서 흘러내려 온 감로수는 나그네의 오아시스다. 항리마을의 집들은 비탈에 서 있다. 길은 가파르고 갯것을 해 오는 주민들도 힘에 겨워 몇 번이고 주저앉는다. 보찰을 따서 광주리에 담아 오던 노인도 길가에서 잠시 쉬어간다. 거북손 혹은 도깨비발톱이라고도 하는 보찰은 게살보다도 부드럽고 달다.

"2구는 바람이 시원해. 1구는 뜨거서 못 살아요."

노인은 유독 자기 마을에 대한 자부심이 크다. 가거도 2구 항리마을. 마을 끝에서 길게 뻗어 나간 섬둥반도는 영화 '극락도 살인 사건' 의 배경이 됐던 곳이다. 방목 중인 소 떼가 더위 피할 곳을 찾다가 바람 잘 통하는 해안가 절벽에 몰려 앉아 쉬고 있다. 햇살은 따가워도 바람이 워낙 시원하니 녀석들도 견딜 만할 것이다. 11마리. 어미 소와 송아지들 모두가 엎어져 잠이 들거나 꾸벅꾸벅 졸고 있다. 저 큰 덩치의 소들이 오로지 초식만으로 살아간다. 초식의 식습관이 저들의 성격을 온순하게 만들었으리라. 싸우지 않는 소들처럼 사람들도 핏물 뚝뚝 떨어지는 육식의 습관을 버리고 초식의 삶을 살게 된다면 지구가 좀 더 평화로워지게 될까.

"저렇게 쫄막쫄막한 데다 감재 하나씩 심어서 삶아 묵고"

가거도 1구 대리마을 뒷길, 노인은 그늘에 앉아 말린 톳을 다듬고 있다. 앞길은 상가 건물들로 도회지 같다. 뒷길에는 오래된 골목길과 옛집들이 온전하게 남아 있다. 거기 눌러 사는 사람들은 다들 노인이다.

"여서 태어나갖고 옛날에 나가도 못 하고 주저앉아 사요. 도망갈 맘이 꿀떡 같아도 여서 걸려 논 게 나가도 못 하고 이렇게 사요."

가거도는 섬 전체가 가파른 산이다. 마을은 모두 옹색한 산비탈에 자리 잡았다. 농토는 희귀하다.

"어디 밭이 있어야지. 저렇게 쫄막쫄막한 데다 감재 하나씩 심어서 삶아 묵고 그랬어요. 지금은 좋아졌소."

노인은 젊어서 남편을 잃었다. 남편은 고기잡이 나갔다가 변을 당했다.

"애들 아빠는 여기 다 오다가 빠져 죽었어요. 젊은 사람들은 헤엄쳐서 살았는데."

노인은 어려서부터 잠수질(해녀)을 하며 살았지만 사십대에 그만뒀다. 가거도 방파제 공사가 시작되면서부터 노인은 쭉 공사장 인부로 살았다.

가거도 방파제 공사는 서른 해 만에야 끝났다.

"독 틈에다 감재 심어서 캐 갖고 낮에 묵고 저녁에 묵고 배고파 못 살았소. 보리가 없으께. 언제 한번 쌀밥 한 그릇 묵어 보까 했는데 인제 쌀밥 묵고 죽겠소."

논은 전무하고 섬에 밭도 거의 없으니 보리농사도 쉽지 않았다. 가장 많은 보리농사가 열 가마를 넘지 못했다. 대부분은 고작 두세 가마. 한 가마나 닷 말 농사가 전부인 집도 흔했다.

"할마이(할머니)들은 살기가 힘들어요. 도시모냥 청소부 같은 것도 못 하고. 일거리가 있어야제."

지금도 노인들의 삶은 팍팍하다. 해초 조금 뜯어다 말려 내는 것밖에는 달리 소득이 없다. 배를 부리거나 관광업으로 돈을 버는 것은 일부 젊은 사람들뿐이다.

가거도는 오래전부터 밭에다 곡식 대신에 후박나무를 심었다. 후박나무 껍질이 한약재로 팔리며 소득이 좋았기 때문이다. 하지만 요즈음은 중국산이 유입되어 그마저도 힘들다. 노인도 후박나무 껍질을 말려 놨지만 판로가 없어 걱정이다.

"왜 그란지 모르겄소. 농협에서 싸나 비싸나 폴아 주면 좋은디. 어째 요새는 안 폴아 주요. 말 쩨나 하고 똑똑한 젊은 사람들은 잘도 포는디. 우리 같은 할마이들한테는 안 사 가요. 옛날이 살기는 더 좋았소. 단체심도 있고. 젊은 사람들 즈그만 살라고 눈에 뻬란 불 쓰제. 이런 할마이는 안 도와주요."

섬이든 뭍이든 농어촌은 젊은 층과 노인들 간의 빈부 격차가 가장 큰 문제다.

이즈음은 여름 휴가철이라 고향을 찾아온 사람이 제법 많다.

"자식들은 보고 싶어도 못 가. 돈 없게."

노인은 여름 휴가철이 되도 오지 못하는 자녀들이 몹시 그립지만, 쉽게 섬을 벗어날 수가 없다. 어쩌면 살아 있는 동안은 내내 그러할 것이다.

"놈의 자식들이 와도 그냥 맘이 설레요."

올 수 없는 자식들 때문에 마음이 짠한 노인은 남의 자식도 내 자식처럼 반갑다.

"길을 건너도 왔는데 물 한잔하란 말도 못 하고 미안하요. 깜빡깜빡 잊고 그라게 할마이제. 젊어서는 놈더러 뭘 묵으란 말도 잘 하고 그랬는디 인자는 늘 잊어부러요."

정을 말로 한 것이 노래다

신안군 흑산멘 오돈멘 아니냐
억울타 가거도 뚝 떨어졌다.
가게산 무너져 편질이나 되어라
내야 발로 걸어서 육지 한번 가 보자

 사람살이가 고단해 '멸치잡이 노래' 등 유난히 노동요가 많이 전해
오는 섬 가거도. 노인은 톳을 손질하며 그 어렵던 시절 부르던 노래를
흥얼거린다. 가거도 독실산이 무너져 바다를 메우고 평평한 길이 나
면 발로 걸어 육지에 한번 가 보자. 배를 타고 목포에 가려면 꼬박 이
틀씩 걸리던 시절이었다.

 노인뿐이랴. 가거도 사람들의 외롭고 힘든 섬살이의 설움을 이겨
내게 해 준 것이 노래다. 가거도를 비롯한 서남해 섬 지방에서는 설이
나 추석 같은 명절이나 혼례나 장례식 같은 특별한 날이면 모두들 모
여서 노래를 부르면 놀았다. 그렇게 기쁨을 나누고 슬픔을 극복했다.
그것을 '산다이'라 한다. 산다이란, 다 같이 모여서 노는 일종의 소리
공동체다. 산다이란 말은 일본어에서 왔다고도 하고 전통연희인 산대
山臺놀이의 일본식 표현이라고도 한다. 비금도의 '밤달애' 놀이나 진
도의 '다시래기'도 산다이의 일종이다. 섬 지방에서는 지금도 산다이
가 행해진다. 특별한 날이 아니라도 사람들이 모이거나 술 한잔 나누
게 되면 자연스럽게 산다이가 벌어진다. 민요도 하고 대중가요도 부

른다. 담헌 홍대용은 '정을 말로 한 것이 노래'라 했다. 섬사람들은 그렇게 노래를 부르며 정을 나누고 살아온 것이다.

　이 먼 섬에 살면서 노인은 서울에는 가 보셨을까.
　"아직 서울을 당 안 가 봤소. 그래도 관광은 예닐곱 번 다녔어라. 어디어디 갔등가, 글씨를 모릉께 잘 모르겄고. 대전도 가고 제주도 가고, 부곡 온천도 가고."
　노인은 뭍으로 여행을 가면 무엇이 좋을까.
　"좋은 것은 뭐가 젤로 좋냐면 남이 해 준 밥 묵고 놀고 그랑께 젤로 좋습디다. 맨날 천 날 일만 하다가."
　노인은 경치 구경보다 평생 처음 남이 해 준 밥을 먹고 일을 쉬고 놀수 있었던 것이 여행의 가장 큰 즐거움이었다. 이제 노인에게는 그런 생애의 휴가가 몇 번이나 더 남은 것일까.

외딴섬에
숨어 사는 사내처럼

/
만재도

섬 소년

폐교는 콘도가 되었다. 텐트까지 쳐진 학교에 만재도晚才島 아이들은 없다. 폐교가 된 뒤, 아이들은 모두 뭍으로 유학을 떠났다. 오늘 콘도는 뭍의 교회에서 수련회를 온 아이들의 숙소다. 폐교를 사서 마을에 준 것은 신안군이다. 주민들은 폐교를 수리하여 일부는 노인정과 마을회관으로 쓰고 일부는 관광객들에게 숙소로 제공한다. 콘도는 부녀회에서 운영한다. 방학이라 목포에서 공부하는 만재도 아이들도 집으로 돌아왔다. 섬마을이 모처럼 아이들 웃음소리로 왁자지껄하다.

마을을 돌아보고 민박집에 들어서자 아이가 묻는다.
"아저씨 누구세요?"
"너는 누군데?"

"여기 살아요."

"나도 여기서 하루 살기로 한 사람이야. 민박했거든."

"언제 왔어요?"

"낮에 배로 왔지. 너는 어디서 학교 다녀?"

"목포서요."

"그럼 여기 사는 거 아니네."

"우리 엄마 집이에요."

"몇 학년?"

"3학년이요."

"목포서는 누구랑 살아."

"할머니랑요."

"너 때문에 할머니가 목포에 나가 사시는구나."

"네."

"이름은?"

"희락이요. 최희락."

"목포보다 여기가 좋니?"

"네."

"어째서?"

"엄마가 있으니까요."

　학교가 폐교된 뒤 아이는 여섯 살 때부터 부모와 떨어져 목포에 있는 학교에 다니고 있다. 아이는 만재도가 좋다. 돌아와 부모 곁에 살고 싶지만 한번 폐교된 학교는 다시 열리지 않는다. 학교가 문을 닫은 뒤,

만재도 아이들은 모두 부모 곁을 떠나 뭍으로 갔다. 두 집 살림을 해야 하는 부모도 힘들고 엄마 품이 그리운 아이들도 힘들다.

바닷가 민박집

신안군 흑산면 만재도는 목포에서 뱃길로 가장 먼 섬이다. 여객선이 이 나라 최서남단 가거도까지 정박하고서야 마지막으로 들르는 까닭이다. 만재도에는 아직도 종선이 있다. 접안 시설이 없어서 배가 포구에 정박하지 못할 때 바다 가운데서 여객들을 옮겨 실어다 주는 작은 배를 종선이라 한다. 종선의 운항은 옛날에는 흔했지만 요즈음은 보기 드문 풍습이다.

만재도는 면적 0.60제곱킬로미터, 해안선 길이 5.5킬로미터의 아주 작은 섬이다. 행정구역 개편으로 신안군 흑산면에 소속되기 전까지 만재도는 진도군 조도면에 속해 있었다. 목포까지는 104킬로미터 거리지만 진도까지는 59.7킬로미터다. 그래서 노인들은 아직도 진도로 내왕하던 시절에 대한 추억담이 많다. 먼 데 섬이라 해서 또는 재물을 가득 실은 섬이라 해서 또는 해가 지고 나면 고기가 많이 잡힌다 해서 만재도라는 이름을 얻었다지만 내력을 확인해 줄 사람은 없다.

폐교된 학교 건물 옆에 있는 숲이 만재도의 당산이다. 사람이 드나든 지 오래된 숲은 길조차 없다. 더는 당제를 모시지 않지만 숲은 여전

히 신성한 공간이다. 요즈음은 어느 섬을 가나 숲이 살아 있다. 만재도의 산도 상록수림으로 울창하다. 하지만 섬의 숲이 살아난 것은 그리 오래된 일이 아니다. 불과 이삼십 년 전까지만 해도 만재도 역시 당산 숲을 제외한 섬 전체가 벌거숭이였다. 가스가 공급되면서 땔감으로 벌채되던 숲이 다시 살아났다.

만재도에 저녁이 온다. 갯바위 낚시를 나갔던 낚싯배들이 돌아오고 낚시꾼들은 아이스박스 가득 농어와 돌돔, 우럭, 삼치 등 전리품을 담아 온다. 주민들은 톳과 미역을 잘라 오고, 할머니 한 분은 마을의 샘에서 빨래를 해 머리에 이고 집으로 돌아간다. 지하수 관정을 파서 수도가 공급되지만, 몸에 밴 습관은 샘까지 가는 수고를 마다하지 않는다. 섬 전체에 수도가 놓여 있지만, 물탱크가 없는 집은 물동이와 항아리마다 물을 비축해 둔다. 전기가 나가면 모터로 뽑아 올려 수도관으로 공급되는 관정 물은 무용해지기 때문이다.

"대리(다리)도 아프고 힘드요. 그래도 수돗물은 애껴 써야지라우."

만재도에 농토는 귀하다. 주민은 모두 바다에 의지해 산다. 물고기를 잡고, 낚시꾼들을 치고, 톳과 미역을 뜯고, 할머니 잠수들은 전복과 성게를 잡는다. 샘에서 빨래를 해 온 노인은 요즈음 미역을 딴다.

"옛날 할머니 때부터 잠수를 했어요. 다들 그러고 산 동네요 여그가. 가거도, 하태도 그런 데서 여그로 시집오고 그리로 시집가고 그랬어요. 다들 잠수했지."

옛날에는 여자들이 잠수해서 해산물을 채취하면 남자들은 잠수해서 작살로 물고기를 잡았다. 제주도 해녀가 본래 잠녀였던 것처럼 만재도 사람들도 해녀라는 말은 쓰지 않고 잠수라 한다.

"전복 따고 해삼 잡고, 소라는 좀 귀해요. 여가. 여름에는 미역 하고."

할아버지는 일찍 세상을 떴다.

"살기 싫응께 갔대요. 일찍."

만재도 주민은 요즈음 관광에 대한 기대가 크다. 방송에 섬이 소개되면서 찾는 사람들이 늘었다. 하지만 주민은 섬이 크게 개발되는 것을 원치 않는다. 도시 사람들이 고향처럼 찾아와 쉬고 갈 수 있는 섬을 꿈꾼다. 집도 크게 고치지 않고 돌담도 보존하고, 노래방이나 술집도 없고, 고향의 모습을 그대로 지키고 있다 보면 조용히 쉬기 위해 찾아오는 관광객들도 늘어날 것으로 기대한다.

목포에서 빨라야 다섯 시간, 파도라도 치면 여섯 시간이 훌쩍 넘는 머나먼 뱃길. 내내 이틀에 한 번씩 다니던 쾌속선이 2007년부터 하루 한 번씩 다닌다. 하지만 목포에서 오는 배가 가까운 만재도를 두고 더 먼 가거도를 먼저 들렀다가 오기 때문에 운항 시간이 많이 걸린다. 만재도 사람들은 여객선이 번갈아가며 가거도와 만재도를 먼저 들러 주기를 희망하지만, 그 작은 꿈이 육지와의 거리만큼이나 아득해 보인다.

바닷가 민박집. 밤새 바람이 불고 파도 소리가 끊이지 않았다. 파도가 밀려와 짝지 밭을 때릴 때마다 쫘르르르 쫘르르르 갯돌 구르는 소리. 냉장고 돌아가는 작은 소음에도 뒤척이며 잠 못 드는 청각이 파도 소리에는 무감하다. 기계음과 자연음의 차이리라. 자연의 소리는 아무리 커도 소란스럽지 않다. 밤새 철썩이는 파도 소리에도 평온한 잠에 깊이 빠진 것은 그 때문이다.

그 사내의 사연

사내는 수숫대처럼 깡말랐다. 마을 앞 정자에 나온 노인들이, 밥은 안 먹고 술만 마신다고 걱정하던 그 사내다. 사내는 물고기 잡는 그물을 고정시킬 돌들을 로프로 감고 있다. 돌닻. 사내의 고향은 강원도 고성, 집은 삼천포. 사내는 주낙배를 타러 만재도까지 흘러들어 왔다. 주낙배란, 낚싯줄에 여러 개의 바늘을 띄엄띄엄 달아 물살에 따라 감았다 풀었다 하며 물고기를 잡는 어선이다. 가거도의 선주도 오라 하지만 의리 때문에 만재도로 왔다고 사내는 자랑이다. 젊은 날 사내는 통발 배를 타고 대마도까지도 갔다.

"육지 가면 술만 퍼 묵고. 여도 술이 있지만. 그래서 잘 안 나가요. 육지는 골이 아퍼요. 그냥 수양 삼아 섬으로만 다녀요."

사내는 배를 타지 않는 어한기에도 섬을 떠나지 않는다.

"사연 없는 사람이 누가 있겠어요."

사내는 좀처럼 지난 일을 이야기하지 않는다.

"내가 육지 나가면 조선 팔도를 다 돌아다닙니다."

사내는 고향 고성 화진포를 떠나 부산에서 초등학교를 마쳤다.

"여는 밤만 되면 적막강산입니다."

사내는 마시다 남긴 됫병 소주를 담장 밑에 숨기고 허위허위 마을길
로 사라진다. 섬에서 나서 섬 밖으로 한 번 나가 보지 못한 사람도 내
륙의 사람들이 겪는 일을 다 겪고 살다 간다. 세상 온갖 풍파에 떠밀려
다니던 저 사내도 끝내 섬이 되지 않았는가. 섬에 있어도 섬을 떠나도
사람은 삶에서 터럭만큼도 벗어날 수 없다. 그래서 삶이란 것이 오늘
은 외딴섬에 숨어들어 한 세월 살다 가는 사내처럼 외롭다.

60개 국을 떠돌다
정착한 고향 섬

/

하태도

"아주 흐뭇합니다"

사내는 서른다섯 해 만에 고향 섬으로 귀향했다. 객지를 떠돌며 오랜 세월 원양어선도 타고 외항선도 탔다. 선원 생활에 이골이 난 사내는 고향 섬으로 돌아온 뒤 작은 어선을 한 척 사서 선장이 됐다.

"나이 더 먹기 전에 고향서 양식장이나 해 보자고 들어왔습니다."

하태도의 어선이자 양식장 관리선인 '천수호' 김영창 선장님. 선장님은 전복 양식을 하면서 철마다 다른 물고기를 잡는다. 난바다의 섬에서 전복 양식이 가능한 것은 하태도 앞바다에 만이 형성되어 있어 풍랑으로부터 안전하기 때문이다. 하태도에서는 여덟아홉 가구가 전복 가두리 양식을 하는데 십여 년 동안 큰 피해가 없었다. 천운이다. 어류는 농어나 우럭, 열기 등속이 많이 잡히는 편이다. 부지런히 노동하며 사는 때문일까. 선장님은 예순일곱의 노인이지만 청년처럼 허리가 빳빳하다. 고향 섬에 돌아오길 백 번 잘했다고 생각하는 선장님.

"제 생각엔 아주 흐뭇합니다. 나이 먹으면 외항선원도 못 해요. 이 일은 내 맘대로 하니 좋아요. 지금도 고기 잡을 만큼 잡으면 그냥 내 맘대로 들어와 버려요. 내 돈 벌어서 내가 쓰고 싶은 대로 쓰고. 이 나이에 육지 있으면 자식들 눈치나 보고 암것도 못 해요."

외항선 탔으니 외국도 많이 돌아다녔다. 그런데 돈을 모으지 못했다. 그저 60여 개 나라를 다녀온 기억밖에 남은 게 없다.
"그토록 오래 배를 탔으면서도 어째서 돈을 못 버셨어요?"
"그걸 어떻게 말로 다 하겠소!"
선장님은 허허롭게 웃으며 말을 잇는다.
"술 좋아하니까. 술 좋아하면 여자 좋아하잖소."
술과 여자뿐일까.
"일본 가면 빠찡고, 유럽 가선 카지노. 참 허황된 생활을 많이 했어요."

돈은 버는 족족 술집이랑 도박장에 다 가져다줘 버렸다. 그러니 집에는 늘 빈털터리가 돼서 가끔 들르곤 했을 뿐이다.
그런데도 "여태 안 도망가고 살아 준 마누라가 눈물 나게 고맙다."
뒤늦게 철이 드신 걸까.
"청상과부나 마찬가지였소. 배 타고 나가 일 년 있다 오고 이 년 있다 가도 오고. 그래봐야 집에 두어 달 있다 다시 나가고. 이십 여년을

그 생활했으니. 난 그저 바람이나 피고 돌아다니고. 마누라는 그걸 뻔
히 알면서도 참고 살아줬죠."

적게 일하고 자족하는 삶

그렇게 밖으로만 떠돌던 남편이 외항선 생활을 그만두고 집에 돌아
와서 대뜸 머나먼 고향 섬으로 돌아가자 했을 때 아내는 기가 찼다. 처
음에는 절대 섬에 내려가지 않겠다고 했다. 하지만 이제는 선장님의
아내도 "대만족"이다. 부부는 부족함 없이 넉넉하게 살고 있으니 더
이상 바랄 게 없다. 부부는 되도록 일을 적게 하려고 한다. 필요한 만
큼만 벌고 자족할 줄 안다. 더 욕심내며 살아 봤자 무엇하겠는가. 그래
서 부부는 틈만 나면 육지로 여행을 떠난다. 주로 자식들한테 있다 오
지만 그때 영화도 보고 여행도 다니고 노년의 여유를 즐긴다.

여름철이면 자식들도 휴가를 보내러 섬으로 온다. 하지만 아들이랑
딸이 자기 가족뿐만 아니라 다른 지인까지 데리고 오니 그 뒤치다꺼리
도 만만치 않다. 그래도 그 또한 기꺼이 한다. 고향이라고 찾아와 주는
것만으로도 얼마나 고마운 일인가.

"여름이면 머리가 아파요, 머리. 지 새끼들만 오면 괜찮은데 다른
사람들까지 달고 오면 고역이에요, 고역. 그래도 어쩌겠어요. 자식들
해 주는 것같이 잘해 줘야지."

전남 신안군 흑산면 하태도는 태도군도의 섬 중 하나다. 태도군도는 육지에서 아주 먼 낙도다. 태도군도에서 16킬로미터만 더 가면 국토 최서남단 가거도니 이 섬들 또한 중국의 닭 우는 소리가 들릴 만큼 중국과 가깝다. 태도군도에는 상태도, 중태도, 하태도 세 개의 유인도가 있다. 흑산도에서 유숙한 뒤 하태도로 건너왔다. 난바다를 지나야 하는 흑산면의 섬들은 자주 끊기는 뱃길로 인해 육지 사람들의 접근이 쉽지 않다. 그래서 육지 사람들에게 이 섬들은 아직 미지의 땅이다. 태도군도 세 섬 중 가장 큰 하태도에는 80여 가구 150여 명의 주민이 살아간다. 중태도는 11가구 25명, 흑산도에 좀 더 가까운 상태도는 46가구 99명의 주민이 거주한다.

홍어 문화의 원류 태도 서바다

이 섬들은 육지에서 워낙 먼데다 특별한 볼거리도 없어서 관광객이나 여행자들도 거의 오지 않는다. 여름 피서철을 제외하면 낚시꾼들이나 간간이 찾아오는 외로운 섬이다. 태도란, 이름은 해태가 많이 나는 섬이라 해서 붙여진 이름이다. 전라도 섬 지역에서는 김을 해태라 한다. 김에서 이름이 유래됐지만, 실상 태도 서쪽 바다는 흑산 홍어의 최대 어장이었다. 어부들이 태도 서바다라 부르는 바다. 대청도, 백령도 부근 바다에서 어군을 형성하던 홍어들은 산란을 위해 태도 서바다를 찾아온다. 이때 잡히는 홍어를 진짜 흑산도 홍어로 쳤다. 선장님도 어린 시절 서바다에서 나는 크나큰 홍어들을 직접 보고 자랐다.

"서바다에서 나는 홍어, 그 홍어가 진짜예요. 암치 하나가 12, 13킬로그램까지 나가는데 지금은 많이 나가야 7, 8킬로그램밖에 안 나가요. 그게 진짜 원조 홍어였어요. 지금은 대청도, 백령도에서 잡아 오죠. 그러니 진짜 흑산 홍어가 아닌 셈이죠."

정약전의 「표해시말」은 우이도 출신 홍어 장수 문순득(1777~1847)이 1801년 12월 홍어를 사서 싣고 영산포로 가다가 표류해서 필리핀과 유구국(오키나와) 등 여러 나라를 떠돌았던 경험을 전해 듣고 기록한 표류기다. 홍어 장수 문순득이 홍어를 사러 간 곳이 바로 태도 서바다였다. 홍어잡이배들이 서바다에서 잡은 홍어를 문순득 같은 중간상인들이 도매로 사서 영산포로 싣고 나가 팔았던 것이다. 그러므로 태도야말로 오늘날 홍어 문화의 원류인 셈이다.

옛날 태도 사람들은 홍어 등의 물고기 외에도 미역이나 돌김 같은 해산물을 목포나 영산포로 가져다 팔고 식량을 사 왔다. 워낙 농사지을 땅이 좁고 척박해 보리나 고구마를 조금 심었을 뿐 늘 식량이 부족했다. 결국, 태도 바다의 수산물이 주민을 먹여 살린 것이다. 지금도 돌김은 태도의 주요한 특산물이지만, 김보다는 돌미역이 많이 나고 수입도 크다. 돌미역은 주로 해녀들이 물질을 해서 따다 말려 뭍으로 내보낸다.

어선의 어구 정리가 끝나자 선장님은 나그네에게 집으로 같이 가잔다. 점심시간이니 점심을 함께하자는 것이다. 나그네는 염치 불구하고 선장님을 뒤따라간다. 선장님 집 마당에서는 생선 손질이 한창이다. 동네 할머니들이 모여 우럭(조피볼락)이랑 열기(불볼락)의 배를 따는 중이다. 그 모습을 카메라에 담으려니 할머니들이 더 적극적이다.

"사진 좀 많이 찍어다가 손님 좀 많이 오게 해 주씨오."

외지에서 오는 사람이 귀한 곳이라 반기시는 듯하다. 생선은 손질한 뒤 소금 간을 해서 냉동해 두었다가 주문하는 사람이 있으면 택배로 보내 준다.

보살의 밥상

선장님 집 현관은 온갖 화초들로 화원을 방불케 한다. 안주인의 솜씨다. 남편이 밖으로만 돌고 집을 돌보지 않을 때 아내는 내내 화초들을 가꾸며 거기에 정을 쏟았던 것이리라. 어찌나 애지중지 기른 것인지 화초마다 반들반들 윤기가 흐른다. 선장님은 회한이 크다.

"어렵게 살았죠. 부산서만 이십칠 년을 살았제. 사는 게 사는 게 아니었죠. 제대로 한번 떳떳하게 못 살아 보고. 내가 그렇게 만들었지. 조금만 협조하면 되는 걸."

안주인은 점심을 준비하느라 부엌에서 생선을 굽고 매운탕을 끓이고 분주하다. 그래도 뒤늦게라도 행복을 찾은 것이 선장님은 뿌듯하다.

"떳떳하니 우리들이 벌어갔고 우리 쓰고 오히려 자식네들한테도 쓰

고. 목포 나가면 목포 사는 애들 고기도 사 주고. 즈그 한 번 사면 우리도 한 번 사고. 부모로서 최고로 떳떳한 시기지 싶어요. 내가 성질이 칼칼해 가지고 내가 못 사 주면 자식네한테도 안 가요. 다음에야 어떻게 될망정 그래서 자식들한테도 큰소리치고 살아요."

벌이는 좋지만 외딴섬살이가 마냥 좋은 것만은 아니다. 교통 불편한 것이 그중 가장 큰 어려움이다. 그래도 격일로 배가 다니던 것이 이제는 날마다 한 번씩 다니니 그것만으로도 감사하다.
"날씨만 좋으면 교통이 얼마나 좋아졌다고요. 하늘과 땅 차이죠."
내해의 섬들은 하루 서너 번씩 배가 다녀도 교통이 불편하다고 하소연이지만, 이 먼 섬에서는 하루에 배가 한 번씩 다녀주는 것만도 천지개벽한 것처럼 고맙다고 느낀다. 행복은 늘 상대적이다. 하지만 겨울에는 여전히 육지와의 교통이 쉽지 않다. 계절풍이라도 불면 열흘씩 배가 못 뜨는 일도 예사다. 섬살이의 애환이지만, 이 또한 섬의 숙명이니 받아들이는 것밖에 달리 도리가 없다.

점심상이 차려졌다. 막 한 따뜻한 밥에 열기구이와 우럭매운탕, 전복장조림까지 진수성찬이다. 배고픈 나그네는 염치불구하고 밥그릇과 반찬들을 싹싹 비운다. 작고 외딴섬들에는 대부분 식당이 없다. 하지만 나그네는 그런 섬에서 단 한 번도 밥을 굶은 적이 없다. 어느 큰 섬의 식당에서보다 맛나고 풍성한 식탁으로 배를 채웠다. 개발이 덜 되고 사람이 귀한 섬일수록 인심이 후하다. 그래서 그런 섬들을 다니며 가장 많이 듣는 말 또한 "밥 먹고 가시오"다. 평생 다시 볼 일 없을 나그네에게 생선 굽고 국 끓이고 밥상 차려 주는 마음이란 대체 어떤 마음일까. 죽임이 난무하는 시대에 진정 살림의 밥상이 아닐까. 그 마음은 또한 보살의 마음이 아닐까.

"흑산도 사람들은
삭힌 홍어 잘 안 먹어"

/
흑산도

우리 배는 소나무로 지은 배라

소소솔솔 잘도 간다

이오따라 이오따라

앞산은 가까이 오고

뒷산은 멀어진다

이오따라 이오따라 _

어서 가자 배 띄워라

눈도 코도 없는 배야 어서 가자

지다린다 지다린다 어른 아이 지다린다

이오따라 이오따라

청춘아 내 청춘아 언제 언제

이렇게도 늙어졌냐

이오따라 이오따라

서산에 지는 해는 내일 아침 보련마는

나를 두고 가신 부모 언제나 볼꺼나

이오따라 이오따라

— 진리 뱃노래, 흑산도 진리 장춘자 할머니 노래 채록

흑산항 밤거리

흑산도 예리마을은 여객선 터미널 입구부터 홍어, 전복을 비롯한 수산물 판매점과 횟집, 건어물 노점들로 제법 해상 도시 같은 느낌이다. 저녁이 되자 뱃놀이를 떠난 유람객들이 서둘러 포구로 돌아온다. 비가 오시려는가. 빗방울이 한 방울씩 툭툭 떨어진다. 밤의 항구를 걷는다. 흑산에는 크고 작은 마을이 여럿이지만 상가와 여관, 민박 등은 주로 예리마을에 몰려 있다. 해가 넘어가자 더위는 크게 한풀 꺾이고 바람이 서늘하다. 마을 노인들도 바닷가 평상에 나와 앉아 두런거린다. "외국인" 하는 소리에 뒤돌아보니 길 가던 마을 소녀다. 소녀는 "아닌가?" 중얼거리며 황급히 뛰어간다. 무안했던 모양이다. 시커멓게 탄 피부와 덥수룩한 수염 때문에 자주 외국 사람 대접을 받는다. 관광객들은 횟집 야외 탁자에 앉아 대부분 홍탁과 전복회를 먹는다. 흑산 앞바다에서 대량 양식하는 전복은 흑산의 새로운 특산물이다. 횟집마다 홍어와 전복, 우럭 외에는 이렇다 할 수산물이 눈에 띄지 않는다.

과거에는 주낙으로 홍어를 잡았지만, 요즈음 흑산의 홍어잡이는 걸낚시다. 이 또한 주낙의 일종이지만 미끼를 끼우지 않는 공갈 낚시다.

낚시 바늘이 촘촘히 매달린 주낙줄을 홍어가 다니는 길목에 길게 깔아 놓고 거기에 걸리는 홍어들을 잡아 올린다. 일종의 덫이다. 요 근래 흑산에서는 홍어잡이와 함께 전복과 우럭 양식업이 주된 어업이다.

"홍어가 소화제라 했어"

자산문화도서전시관을 둘러보고 나서면 흑산면 보건지소 앞에서 길은 두 갈래 길이다. 왼쪽 길을 따라 걷는다. 영산도가 건너다보이는 해안 길. 죽항리에서부터 오르막이 시작된다. 8월, 한참 휴가철이지만 도로를 지나가는 자동차는 드물다. 먼바다의 섬이라 관광객들이 차를 가지고 들어오기 어려운 까닭이다. 하지만 도로에는 새 한 마리가 자동차에 깔려 죽어 있다. 자동차들의 과속은 뭍이나 섬 할 것 없이 전국적인 운전 습관인 듯하다.

자동차 전용도로가 아닌 일반 도로, 더구나 인도나 갓길도 없는 지방도로는 자동차만 다니는 길이 아니다. 무엇보다 사람들이 다니고 자전거와 오토바이와 경운기와 트랙터와 개와 고양이와 온갖 동물이 함께 다닌다. 하지만 운전자들은 도로를 전세 내기라도 한 것처럼 도로에 자기 차 한 대밖에 없는 것처럼 한껏 속력을 낸다. 공중을 나는 새나 재빠른 개와 고양이들까지 차에 깔리는 상황이니 노인이나 어린이들은 어쩌겠는가. 삶을 실어 나르는 도로가 저승으로 가는 통로여서는 안 되지 않겠는가. 한 고개를 넘으면 또 한 고개, 흑산의 고갯길은 구비구비 첩첩 산길이다. 창촌마을의 폐가를 기웃거리는데 노인한 분이 다가온다.

"옛날에는 집들이 살았는데 다들 나가 빌고 쪼금만 살고 있소."

마을은 주로 멸치잡이에 생업을 의존한다. 마른 멸치와 멸치액젓. 멸치는 주로 가을부터 초겨울까지 잡고 봄 어장은 5월 한 달 동안이다. 여름에는 자연산 미역을 채취해서 말린다. 멸치 어장철이면 육지의 직업소개소에서 사람을 사다가 어장을 한다.

"옛날에는 일 년 내내 멸치잡이 했는데 이제는 잘 안 잡혀요. 수온이 높아져서 그런지. 해파리 새끼가 많이 들어가서 힘들어."

흑산의 홍어가 유명하지만, 예리항을 제외한 흑산도 대부분의 마을은 홍어잡이와 무관하다.

"배가 30톤 이상은 돼야 '홍에잡이'를 할 수 있어. 돈이 몇 억 들어요."

큰돈이 되는 홍어잡이는 자본이 많은 일부 선주들 이야기일 뿐이라는 것이다. 그래도 노인은 홍어 이야기가 나오자 흥이 오른다. 옛날 목선으로 잡을 때는 홍어가 지금보다 몇 곱절은 컸다.

"홍어는 잡으면 배에서 바로 숙성을 시켰어요. 육지로 나가면 구더기가 날 정도로 썩었지."

실상 흑산도 사람들은 삭힌 것을 즐기는 편은 아니다.

"우리는 삭혀서는 잘 안 먹어요. 바로 싱싱한 놈, 그렇게 먹어야 더 맛있고."

실상 삭힌 홍어는 흑산도의 문화가 아니라 내륙 문화였다. 옛날 흑산 바다에서 잡은 홍어는 대부분 나주의 영산포까지 운반됐다. 그 과정에서 홍어는 자연스럽게 발효됐고 나주 인근의 내륙 사람들은 삭힌 홍어에 중독이 된 것이다. 다른 생선들은 시간이 지나면 썩는 반면 홍어는 여러 날이 지나도 썩지 않고 발효되는 것은 운반 과정에서 체내에 쌓여 있던 요소가 분해되어 암모니아가 되는데 이 암모니아가 부패 세균의 서식을 방지하기 때문이다. 암모니아 덕에 냄새는 고약해도 홍어는 썩지 않고 발효되어 삭혀지는 것이다. 과거 흑산도에서는 삭힌 홍어를 먹는 문화가 아니었지만 홍어는 귀한 식재료였다. 심지어 약으로도 쓰였다.

"옛 어른들은 홍어가 소화제라 했어요. 껍데기에 긴 미끌미끌한 꼽을 삭힌 뒤 먹으면 소화도 잘 되고 가래도 잘 삭는다 했지."

팔순의 할머니 한 분은 지팡이에 의지해 마실을 나왔다.

"아이스크림을 사 묵을라고 기다렸는데 안 오네."

노인은 농협 차량을 기다리신다. 하나로마트의 식품 차량이 일주일에 한 번씩 마을들을 순회하며 이동 판매를 한다. 거동이 수월치 않은 노인들을 위해서다. 이백여 명이 살던 마을에 지금은 열여덟 명의 노인들만 산다. 마을에는 구멍가게도 하나 없으니 노인은 오백 원짜리 아이스크림 하나를 사 먹기 위해 일주일을 기다린다.

몇 개의 고개를 넘었더니 온몸이 땀범벅이다. 하지만 더는 더위가 느껴지지 않는다. 더위에 숙달이 된 것일까. 실상 더위를 극복하는 가장 좋은 방법은 피서가 아닐지도 모른다. 더위와 정면으로 맞서는 것. 지독한 더위에 맞서며 걷다 보니 이제는 더위에도 아주 익숙해진 듯하다.

「자산어보」의 산실 모래미

　사리마을로 넘어가는 고갯마루에는 거북겹바위가 있다. 거북제를 지내던 신성한 바위다. 거북은 바다 쪽을 보고 있다. 신석神石. 오랜 옛날 만삭의 바다거북이 표류 중인 어부를 등에 업고 이 마을로 와서 목숨을 살렸다. 거북은 세 마리의 새끼를 순산했으나 산후통으로 목숨을 거두었다. 주민들은 거북을 마을의 수호신으로 모셨다. 해마다 정월 대보름이면 거북제를 지냈다. 거북은 마을의 안녕과 길흉화복을 관장하며 사람들과 함께 살아왔다. 이 돌 거북은 대주가다. 막걸리를 6말 5되 5홉을 마셔야 취기를 느끼며 가볍게 움직인다. 그때부터 영험을 나타낸다고 주민들은 믿어 왔다.

　고갯마루에서 모래미마을(사리)로 넘어가는 길가는 상록활엽수인 잣밤나무 군락이 잘 보존됐다. 다도해의 섬들에서 이제는 상록활엽수림을 보기가 쉽지 않다. 저 상록수 군락만으로도 섬은 소중한 자산을 가진 것이다.

　사리마을은 손암 정약전이 유배 생활을 하며 「자산어보」를 저술했던 마을이다. 1801년(순조 1년) 신유사옥이 일어나면서 손암은 그의 아우 다산 정약용과 함께 유배형에 처해졌다. 다산은 강진으로 가고 손암은 우이도를 거처 흑산도까지 왔다. 손암은 유배 기간 동안 흑산진의 관할이던 우이도와 흑산도 사리마을을 오가며 생활했다. 1816년 손암은 우이도에서 숨을 거두었다. 십육 년 형극의 세월 동안 손암은 뭍을 밟아 보지 못했다. 그 세월 손암은 서당을 열고 후학을 양성했고, 흑산 바다의 어류 연구에 매진해 「자산어보」를 남겼다.

손암이 서당을 열고 후학을 양성했던 곳이 복성재다. 새로 복원된 복성재 마루에 앉으니 사리마을이 한눈에 들어온다. 당시에도 이 섬에는 사람들이 살았다. 그들에게 흑산도는 태어나 태를 묻고 평생을 살아가야 할 세계의 전부였다. 어떤 이들에게는 삶의 터전이 어떤 이에게는 감옥이기도 하다. 유형이 아니었더라면 존재하는지조차도 몰랐을 세계에서 손암은 살다 갔다. 그가 새로운 세계를 보았기 때문에 손암은 새로운 학문 세계를 이루었을 것이다. 하지만 그가 이룬 학문적 업적은 결코 손암 혼자만의 것이 아니다. 그가 몸을 의탁했던 흑산 섬사람들과 함께 이룬 업적이다.

사리마을 입구에는 "손암 정약전 선생께서 통한의 세월을 꿈으로 승화시켰던 마을"이라는 현수막이 걸렸다. 마을을 관광지로 만들고 싶은 간절한 마음이 읽힌다. 하지만 마을 사람들이 자신의 조상보다 뭍에서 온 유배객만을 추앙하는 것이 옳은 일일까. 손암 또한 「자산어보」에서 마을의 '창대'라는 사람의 도움이 아니었으면 저술이 불가능했을 것이라고 하지 않았는가. 그렇다면 「자산어보」는 손암 개인의 연구가 아니라 창대와 손암의 공동연구 성과라 해야 옳을 것이다. 그러므로 사리마을은 또한 손암의 유배지로만 기억될 것이 아니라 창대의 마을로도 기억되는 것이 옳지 않을까.

심리, 기프미마을

    심리마을 당산나무 아래 동네 노인들이 둘러앉아 술을 자신다. 마을은 언덕에 있고 당산나무는 주민들의 쉼터다. 오마이뉴스 기자로 일하는 후배 이주빈의 고향 마을이라 더욱 정겹다. 그도 어릴 적 저 당산나무 그늘에서 많이 놀았을 것이다.

    "여가 무지 시원한 곳인데, 웬만하면 바람이 있는데 오늘은 바람이 없네."

    노인은 나그네를 불러 소주 한잔을 권한다. 갈증이 심해 술보다는 마실 물이 급하지만 물은 없다. 종이컵 가득 따라 주는 소주를 마시니 술맛이 느껴지지 않는다. 노인들은 평상에 둘러앉아 찐 생선을 먹는다. 상어와 우럭, 삼치 등의 물고기와 떡과 술. 잔치라도 있었던 것일까. 어느 집에 제사가 있으면 당산나무 아래로 음식을 가져와 마을 사람들과 나눈다. 할머니 한 분이 상어 고기 한 토막을 건네주신다.

    "상여 괴기도 있고 제사를 크게 지냈구만."
    "교회 다니는 사람들은 제사 음식 안 묵는다믄서."
    "영감들은 꼬리만 주는구만 간데(가운데) 토막을 줘야지."

    마을 앞바다에서는 휴가차 고향을 찾은 사람들이 배를 몰며 그물을 끌고 있다. 횟감이라도 잡을 요량이지만 고기가 잘 잡히지 않는 모양이다. 노인들은 뭍에 앉아서도 바닷속 사정이 훤하다.

"옛날에는 요 앞바다에서도 조기, 멸치, 갈치도 많이 낚이고 그랬제. 요새는 없어요. 서대, 장대나 몇 마리 걸리면 다행이제. 미역 양식한다고 바닷길을 막아 놓으니까 괴기가 못 들어와요. 그라제, 사람이나 괴기나 길을 막으면 못 다니제."

마을은 고기잡이보다는 해조류 양식에 기대고 산 지 오래다.

피리 부는 소년

옛날 어느 해 옹기장수의 배가 흑산도에 입항했다. 옹기 배에는 네 사람의 선원과 얼굴 고운 소년 하나가 타고 있었다. 옹기 배는 진리 처녀당 아래 부둣가에 정박했다. 선원들이 옹기를 지고 마을로 들어가자 소년은 당 앞 소나무에 올라 앉아 피리를 불었다. 지나가던 마을 사람들은 모두 소년의 피리 소리에 홀린 듯 넋을 잃었다. 진리 처녀당에 거처하는 처녀 당신도 소년의 피리 소리에 매혹당하고 말았다.

여러 날이 지난 뒤 옹기를 다 판 선원들이 출항하기 위해 돛을 올리자 잔잔하던 바다에 파도가 거세지고 역풍이 불어 배가 떠날 수 없었다. 선원들이 배에서 내리자 바다는 다시 잠잠해졌다. 그러기를 여러 날 반복했다. 선원들은 이유를 알기 위해 마을의 무녀를 찾았다. 무녀는 진리 처녀당의 처녀신이 소년의 피리에 홀려서 배를 못 뜨게 한다고 알려 주었다. 선원들은 소년을 섬에 남겨 두고 가기로 했다. 거짓 심부름으로 소년이 배에서 내리자 선원들은 급히 배를 돌려 떠나 버렸다.

소년은 슬픔과 외로움에 식음을 전폐하고 매일 처녀당 앞 소나무에서 피리만 불다가 마침내 숨을 거두었다. 소년은 그 자리에 묻히고 처녀 당신 옆에는 소년의 화상이 봉안되었다. 옛날에는 주민들이 당 근처 길로는 다니지도 못했다 한다. 그만큼 당신을 두려워했다는 뜻이다. 섣달그믐날 밤에 돼지를 잡고 떡을 해서 제물을 바쳤다. "영검했어." 길 가던 할머니 한 분이 진리당의 영험을 증언한다. 지금은 건물을 새로 지어 반듯하다. 하지만 할머니는 그것이 마땅치 않다. "새로 짓고 나서는 영검이 없어요." 당제도 사라진 지 오래다. 영험이 없어진 것은 새로 지은 신당 때문이 아닐 것이다. 당제도 없어지고 신을 떠받들던 섬사람들이 의리 없이 다들 다른 신전으로 옮겨 간 때문일 것이다. 신이란 사람들이 떠받들지 않으면 힘을 잃기 마련이지 않은가!

진리마을을 지나면 다시 예리다. 하루를 꼬박 걸어서 흑산 섬을 일주했다. 오르막과 내리막길을 수십 번은 족히 오르락내리락했다. 작은 공간에 이토록 많은 오르막과 내리막이 있는 곳도 드물다. 그래서 이 섬은 마치 생의 압축판 같다. 하지만 그토록 많은 오르막길과 내리막길을 걸은 끝에 결국 도착한 곳은 처음 그 자리, 예리마을이다. 그 자리는 또한 섬에서 가장 낮은 자리다. 사람들은 추락을 두려워한다. 하지만 사람은 누구나 바닥에서 태어난다. 아무리 높은 곳에 있다가 깊은 바닥으로 떨어진다 해도 처음 그 자리다. 사람은 잃었다고 생각하지만 실상 잃은 것은 아무것도 없다. 흑산, 참으로 위로가 많은 섬이다.

순간인 줄 알면서
영원처럼

/

홍도

큰 바다로 나오자 쾌속의 여객선이 가뭇없이 흔들린다. 새벽잠을
설치고 승선한 여객들. 여객들 대다수는 잠에 빠졌다. 잠보다 좋은 멀
미약은 없다. 하지만 어떤 여객들은 멀미 때문에 쉽게 잠들지 못한다.
또 몇몇은 항해 시간 내내 비닐 봉투와 쓰레기통을 붙든 채 넋을 놓고
앉았다. 장시간 항해를 앞두고는 술을 피하는 것이 좋다. 기분에 들떠
전날 목포에서 과음을 한 홍도 여행객들은 오늘 아침에 혹독한 대가를
치른다. 아침 6시 50분, 목포항을 출항한 여객선은 기항지가 없는 홍
도 직항이다. 평소 여객선은 비금, 도초와 흑산을 기항하지만, 손님이
많은 여름 휴가철이면 홍도만 왕래하는 특별 노선이 생긴다. 물결이
높은 탓에 오늘은 평소보다 배 운항 시간이 길어졌다. 뱃길에 익숙하
지 못한 여행객들에게는 말할 수 없이 고단한 여정이었다.

홍도는 관광객들로 북새통이다. 부두는 마치 서울역 대합실을 옮겨

놓은 것처럼 발 디딜 틈 없다. 전형적인 단체 관광지, 1970년대 이후 홍도는 주민 대다수가 관광업에 기대고 산다. 나그네가 그동안 홍도를 찾지 않았던 것은 유명 관광지에 대한 선입견 때문이다. 생각이 달라진 것은 없지만 갑자기 홍도행을 결심한 것은 문득 성수기 유명 관광지의 풍경이 궁금했기 때문이다. 주민 400여 명이 사는 작은 섬에 여름 휴가철이면 하루 1,000명이 넘는 외지인이 몰려와 인산인해를 이룬다.

홍도는 해질녘이면 섬 전체가 붉게 물든다. 섬 전체가 홍갈색을 띤 규암질의 바위섬이기 때문이다. 그래서 홍도란 이름을 얻었다. 붉은 옷을 입은 섬, 옛 이름이 홍의도였던 것도 그때문이다. 홍도는 섬 전역이 천연기념물(제170호)이고 다도해해상국립공원이다. 그래서 섬에서는 돌멩이 하나 풀 한 포기 반출해 나갈 수 없다.

홍도에는 1구와 2구, 두 개의 마을이 있다. 관광업의 중심은 1구. 여객선이 닿지 않는 2구마을은 관광업으로부터 소외되어 있다. 2구마을 주민은 어로를 해서 1구의 횟집에 물고기를 팔아 생계를 유지한다. 소득이 높은 1구마을 주민이라 해서 애환이 없지 않다. 아이들 교육을 위해 가족들은 일찍부터 이산의 아픔을 겪는다. 아이들이 많은 집은 광주로 서울로 세 집, 네 집 살림까지 감수한다.

흐르는 계곡물이 없어 오랜 세월 빗물과 지하수 관정에만 의존했던 홍도는 만성적인 물 부족에 시달렸다. 하지만 근자에 해수담수화 시설이 완공되면서 홍도의 물 문제는 해결됐다. 여관과 횟집들은 평균 40, 50개의 가스통을 비축해 두고 산다. 뭍에서 가스를 들여오기 어렵기 때문이지만 관리는 허술해 보인다. 화재라도 나면 섬을 통째로 날리고도 남을 폭탄을 안고 살면서도 섬은 태평하다.

신화의 무대

홍도를 찾는 여행객들은 대부분 관광 유람선을 탄다. 홍도의 기암괴석이 연출하는 극상의 풍경에 이르는 길은 오로지 유람선을 통해서만 가능하다. 이즈음 홍도의 산비탈은 온통 원추리꽃 천지다. 물속은 맑고 투명해 10미터 깊이까지 환히 들여다보인다. 여행객들에게는 풍경일 뿐인 선창가 부근 바다가 아이들에게는 물놀이 천국이다. 다이빙 시합을 하며 아이 셋이 일시에 바다로 풍덩 뛰어든다. 유람선은 느리게 섬을 돌며 관광객들에게 사진 찍을 시간을 배려해 준다. 유람선 선실에는 무선인터넷까지 설치되어 있다. 유람선 선장은 방송을 통해 여행객들의 안전을 당부한다.

"잘 보씨오. 가족 관광 왔으께 갈 때까지 조심, 조심, 조심이요. 그리고들 절대 바다에 쓰레기 버리지 마씨요잉. 자연은 우리 것이 아니고 우리 후손들 것을 빌려 쓰는 것잉께."

거문도 백도와 백령도 두무진 해상처럼 홍도 바다에는 기이한 형상의 바위와 동굴들이 즐비하다. 풍경은 감탄을 자아내기에 충분하다. 하지만 긴 항해와 더위에 지친 유람선 승객들 절반은 의자에 기대 잠을 자거나 졸다 깨다 유람을 반복한다. 유람선이 주전자바위 부근을 지나자 늙은 관광 안내원이 사진 찍을 준비를 하라고 일러준다. 주전자는 손잡이가 없다. 안내원의 해석이 기발하다.

"왜 손잡이가 없냐. 있으면 육지 사람들이 들고 갈까 봐 우리가 짤러 부렀소."

홍도의 바위들도 저마다 신화와 전설을 간직하고 있다. 홍도 33경이 모두 신화의 무대이고 전설의 고향이다. 저 시루떡바위가 홍도 13경이고 저 주전자바위는 14경이다. 두 바위는 곁에 있어서 같은 전설을 남겼다. 신들의 시대, 서해의 용왕이 충성스런 신하들을 위해 주연을 베풀었는데 그때 남은 시루떡과 술을 담았던 주전자가 굳어져 시루떡바위와 주전자바위가 됐다. 친절한 용왕이 있어서 섬사람들을 지켜주기를 바라는 마음이 전설을 잉태했을 것이다. 시루떡과 술 주전자는 바다의 수호신 용왕이 있다는 명확한 증거가 아닌가! 증거가 있으니 섬사람들의 해신에 대한 믿음은 깊어지지 않을 도리가 없었을 것이다. 홍도 18경, 부처님바위 앞을 지나는데 마이크를 든 늙은 안내원이 또 한마디 툭 던진다.

"쩌그 바위는 스님이고 마리아바위요. 알아서들 자기 신앙으로 보씨오."

안내원의 말씀은 종교의 본질을 파악한 선지식의 법어다. 같은 바위도 불자가 보면 부처님이고 가톨릭 신자가 보면 성모상이다. 홍도에 처음으로 사람이 들어와 살았던 대풍금 부근 해상. 어디선가 작은 어선 한 척이 유람선 곁으로 쏜살같이 달려와 밧줄을 던진다. 두 배는 하나로 엮였다. 순간 어선은 선상 횟집이 된다. 바다의 노점. 바다의 포장마차다. 선상 횟집의 일꾼은 넷. 아비와 아들들일까. 노인은 부지런히 배를 가르고 청년 하나는 포를 뜨고 또 한 청년은 회를 썰어 도시락에 담고 마지막 청년은 초장과 함께 회 도시락을 판매한다.

유람선 선장은 흥겨운 음악을 틀어 판매를 돕는다. 졸거나 잠에 취해 있던 사람들까지 눈을 번쩍 뜨고 회를 사러 몰려든다. 도깨비시장 같은 선상 횟집의 도시락은 순식간에 동이 나고 어선은 멀어져 간다. 유람선은 홍도 1구 주민들이 공동 출자해서 만든 배다. 선상 횟집은 섬의 어선 15척이 순번을 정해서 돌아가며 판매에 나선 것이다. 어부들은 생선을 횟집에 넘기는 것보다 값을 더 받아서 좋고 유람객들은 싼값에 싱싱한 회를 먹어서 좋다.

태풍이 오는 바다

이제 유람선 승객들은 더 이상 풍경에는 관심이 없다. 일행들끼리 모여 회를 안주 삼아 소주를 마시고 웃고 떠드느라 유람선은 어느새 활기를 되찾았다. 더 이상 졸거나 잠을 자는 사람도 없다. 늙은 안내원의 설명에도 무심하다. 유람선은 어느덧 해상관광의 끝자락에 도달했다. 유람선을 붙든 것은 슬픈여바위다. 일곱 개의 크고 작은 바위섬이 나란하다. 자연은 저토록 아름다운 풍경으로 서 있지만, 사람은 거기서 자신의 슬픔을 읽는다. 또 얼마나 오랜 날들의 저편일까.

홍도에 일곱 남매와 함께 행복한 삶을 누리던 부부가 있었다. 설이 다가올 무렵 부부는 차례 음식과 아이들의 설빔을 사기 위해 뭍으로 떠났다. 일곱 남매는 날마다 산에 올라 부모의 무사귀환을 기원했다. 어느 날 오후 수평선 너머로 부모가 탄 범선이 모습을 드러냈다. 일곱 남매는 기뻐하며 부모를 마중 나갔다. 그런데 갑자기 돌풍이 일어나 부모가 탄 배를 삼켜 버렸다. 일곱 남매는 슬픔에 빠져 애타게 부모를 부르며 바닷속으로 들어갔다. 아이들은 모두 바위가 되었다. 비통한 슬픔으로 빚어진 슬픈여바위.

어찌 저 바위의 전설이 다만 전설일까. 부부는 해산물을 싣고 목포나 영암으로 나갔을 것이다. 과거 돛단배로 육지에 나다니던 시절 홍도에서 육지까지 오가는 데는 보름 이상이 걸렸다. 날씨가 사나우면 더러 한 달이 넘게 걸리기도 했다. 육지에 다녀오는 한 번의 항해에도 목숨을 걸어야 했다. 그 시절 이 멀고 외딴섬 거친 바다에서 풍랑에 휩쓸려가 목숨을 잃은 사람들이 한둘일까. 살기 위해 목숨을 걸고 건너온 섬에서도 삶은 늘 위태로웠다. 그래도 결코 벗어날 수 없었던 생사의 바다. 섬사람들에게 바다는 삶의 터전인 동시에 칠성판이기도 했다. 그토록 모진 세월을 살아 낸 사람들의 후예들. 그 모진 세월을 어찌 다 견뎌왔을까.

    마침내 짧은 유람의 시간이 끝나간다. 잔잔하던 바다에 물결이 일렁이고 먹구름이 몰려온다. 홍도의 바다가 중국에서 오는 태풍의 간접 영향권에 들었다. 태풍이 몰려오는 바다에서 나는 정말 살았던 것일까. 내가 살았던 것이 삶이었을까. 혹시 꿈은 아니었을까. 나는 늘 지나간 삶이 실제 같지 않다. 지나간 것은 모두가 꿈인 듯도 하고 전생인 듯도 하다. 사람은 가고 오지 않는데 바다는 어찌 또 애타게 일렁이는가. 태풍이 두려운 것은 아니다.

    태풍은 바다의 보약이다. 태풍이 아니었다면 이 바다는 진즉에 썩어 버렸을 것이다. 해마다 오는 태풍이 바닥을 뒤집어 바다를 정화시켜 주는 까닭에 우리가 그토록 많은 쓰레기더미를 쏟아 버리고도 저토록 맑은 바다를 볼 수 있다. 그래도 태풍이 오는 홍도 바다에서 나그네는 문득 울컥한다. 이 망망대해 유람선은 다가오는 태풍 앞에 한 가닥 가랑잎이다. 가랑잎에 의지한 저 숱한 목숨들. 어째서 삶은 이토록 애틋한가. 이 위태로운 생의 바다에서 생사는 한순간이다. 삶이 순간인 줄을 알면서도 영원처럼 살지 않을 수 없는 것이 또한 삶이다. 어찌 애틋하지 않으랴.

3부

먹을 수 있는
유일한 돌

/

도초도 1

섬의 시간이 끝나간다

목포항에서 출항한 배가 도초도에 기항한다. 여객들을 내려주고 쾌속의 여객선은 최종 목적지 홍도를 향해 떠난다. 여객선은 서남문 대교로 연도된 도초와 비금 선착장을 오전과 오후에 한 차례씩 번갈아가며 들른다. 도초, 비금은 목포에서 40여 킬로미터나 떨어진 먼바다의 섬이지만 수만 년 이어져 온 섬의 시간도 이제 곧 끝이 날듯이 보인다. 안좌와 팔금, 자은, 암태 네 섬은 서로 연도가 되었고 비금과 도초역시 이미 연도가 되었다. 압해도는 목포와 연륙이 되었다. 서로 떨어진 섬들 사이에도 다리 공사가 한창이다. 마침내 섬들이 모두 목포로 연결이 되고 나면 국도 1호선의 시작은 도초도가 된다. 섬의 시간이 끝나간다.

도초도는 면적 43.4제곱킬로미터, 해안선 길이 74킬로미터, 인구

3,000명의 제법 큰 섬이다. 섬이지만 주민 대다수는 농사가 주업이다. 겨울에는 비금도와 함께 시금치 재배가 많다. 논농사를 많이 짓는 까닭에 들녘에는 수로가 발달해 있고 수로에는 팔뚝만한 붕어들이 유유히 노닌다. 고란리에 있는 고란평야는 신안군에서 가장 넓은 들녘이다. 고란리는 과거 이 섬의 중심이었다. 행정관청이 있었고 가장 많은 사람이 살았다. 고란평야가 있었기 때문이다. 그래서일까. 고란리는 섬보다는 내륙 같다. 고란리에는 또 놀랄 만큼 아름다운 돌담들이 온전히 보존되어 있는데 특이하게도 돌담들은 섬에서는 좀처럼 보기 드문 토담이다.

섬의 돌담은 대체로 돌만으로 쌓은 강담이다. 그런데 고란리 돌담들은 돌 사이에 흙을 채워 넣은 토담이다. 내륙지방의 보편적인 담장 형식이다. 강담에 비해 토담은 정성과 비용이 많이 든다. 고란평야에서 일구어진 부가 있었기에 생긴 문화일 것이다. 또한 마을이 해변이 아니라 바람을 피할 수 있는 섬의 내륙 깊이 있었기 때문이리라. 마을 노인들은 고란리가 옛날부터 돌담을 잘 쌓기로 유명했다고 증언한다. 이제 관청도 옮겨 가고 사는 사람들도 줄었다. 고란리는 더 이상 도초도의 중심이 아니다. 하지만 고란리마을에서는 어떤 품격 같은 것이 느껴진다. 그런 마을에 대한 자긍심이 지금껏 돌담을 훼손하지 않고 보존하게 만든 원동력이었을 것이다. 고란리 돌담은 도초도의 진정한 보물이다.

도초도는 선창작이 있는 화도마을에 횟집과 식당들이 몰려 있다. 어

디나 선창가는 나고 드는 사람들로 인해 상업 활동이 활발하다. 그러나 도초 선착장의 활력은 횟집들에서 멈춘다. 교통이 편리해지면서 섬의 경제가 육지에 종속된 결과다. 중앙사진관 주인은 택시 영업도 병행한다. 사진관만으로는 가계가 어려운 까닭이다. 골목에도 상점들이 여럿 있지만 주인은 모두 출타 중이다. 미성전자, 평화선구점에도 주인들이 없다. 선박용품을 판매하는 선구점 유리문에는 '청거시, 홍거시, 그린 새우 판매' 안내 글씨가 새겨져 있다. 청거시, 홍거시는 갯지렁이의 종류다. 그런데 그린 새우는 또 뭔가. 낚시 미끼로 쓰는 크릴새우를 그린 새우로 잘못 표시한 것이리라.

광명이발관은 불이 켜져 있다. 이발소 안에는 손님이 하나쯤 있나보다. 두런거리는 말소리가 새어 나온다. 광명양행에서는 신발, 내의, 가방, 기타 일절, 만물을 다 취급하지만 이 집도 주인은 출타 중이다. 도초 양조장도 문을 닫았다. 폐업한 지 여러 해 돼 보이는 양조장. 무엇보다 나그네는 술을 만드는 지역의 양조장이 사라져 가는 것이 아쉽다. 종합화장품도 문이 잠겼다. 광명당 시계점에도 주인은 없다. 광명방앗간에서는 참기름 짜는 냄새가 고소하다. 가을이라 고춧가루를 빻으러 나온 노인 몇이 차례를 기다린다. 땅거미가 지는가. 선창가 평화약방에 불이 들어온다. 서남문대교 가로등에도 불이 켜진다. 도초도에 밤이 찾아든 것이다.

인간이 먹을 수 있는 유일한 돌, 소금

갯벌의 간척으로 형성된 도초도의 들은 넓고 찰지다. 고란평야처럼 신안의 섬들에는 거듭된 간척으로 드넓은 땅이 많다. 간척한 땅은 또 염전으로 활용되기도 한다. 도초항에서 도남 염전길을 걷는다. 염전에서는 소금을 쓸어 모으는 써래질이 한창이다. 소금 창고에는 갓 거둬들인 소금이 산처럼 쌓였다. 7~8월에 생산된 소금이 최고의 품질을 유지한다. 염도가 너무 높으면 쓴맛이 나서 소금의 질이 떨어진다. 전 세계 바다의 평균 염분 농도는 35퍼밀(‰)이다. 1퍼밀은 바닷물 1,000 그램 속에는 1그램의 염분이 들어 있다는 것을 의미한다. 염분 농도 27, 28퍼밀 정도가 될 때 소금은 쓰지 않은 최적의 짠맛을 얻는다. 7, 8월 소금의 품질이 좋은 것은 우기 직후라 염분 농도가 너무 높지 않고 적절하기 때문이다.

소금은 인간이 먹을 수 있는 유일한 돌이다. 소금의 과다 섭취가 고혈압 등 여러 질병의 원인으로 지목되기도 하지만 물과 함께 소금은 세포의 기능에 필수적인 요소다. 소금과 물이 부족하면 세포는 영양실조와 탈수로 죽어 가고 말 것이다. 소금의 성분들이 위액인 '위염산'을 만든다. 소금이 부족하면 위액이 만들어지지 않아 소화 기능이 마비된다.

우리 혈액의 적혈구는 영양분과 산소를 세포에 운반하고 노폐물을 몸 밖으로 몰아내는 역할을 한다. 그래서 적혈구의 활동력이 약해지거나 수가 줄면 세포들에게 영양분과 산소를 공급하지 못해 노폐물이 배출되지 못하고 쌓인다. 적혈구의 주성분은 철분이다. 그 철분을 소화시키는 것이 소금이 만드는 위염산이다. 소금의 부족이 우리 몸을 질병과 죽음에 이르게 하는 것은 그 때문이다.

바다는 소금의 저장고. 그러나 소금을 주는 바닷물이 태초부터 짰던 것은 아니다. 수억 년 세월, 땅속이나 바위에 섞여 있던 화학물질들이 빗물과 함께 바다로 흘러 들어가 바다는 점차 염분이 늘어났고, 바다에서 생성된 화합물들과 섞여서 마침내 짠 소금물이 되었다. 바다의 소금은 양이온과 음이온의 결합으로 생겨난다. 바닷물 속의 양이온인 나트륨이나 칼슘, 칼륨 등은 뭍의 땅으로부터 흘러들어 온 것이지만 염소나 황산 같은 음이온들은 바다에서 솟아난 화산 연기에서 첨가됐다. 금속원소인 나트륨이 치명적인 독, 염소와 반응하면 염화나트륨이 생성된다. 자연계는 신비의 연속이다. 생명을 죽이는 독이 생명을 살리는 약으로 돌변하기도 한다. 소금을 먹는 것은 바다와 육지가 빚어 낸 생명의 결정체를 먹는 일이다. 소금 알갱이 안에 농축된 수억 년 세월을 먹는 일이다.

로마제국 최초의 도로, 소금길

고대 로마제국 최초의 도로는 살라리아 가도(Via Salaria)다. 로마가 이탈리아 반도 내륙으로 소금을 나르기 위해 만든 길이었다. 로마 사

람들은 사랑에 빠진 사람을 살락salax이라 불렀다. 소금에 절여진 것처럼 흐물흐물한 사람들. 사랑에 빠지면 다들 그렇지 않은가. 월급을 일컫는 샐러리salary도 소금에서 나왔다. 한때 로마의 병사들에게 소금으로 급료를 지불한 데서 유래됐다. 흔히 야채를 일컫는 샐러드 salad는 본디 소금에 절인 야채다.

중국의 사천 지방에서는 기원전 삼천 년 전부터 소금 생산이 시작됐다. 기원전 일천 년 전부터 해염海鹽, 바다 소금을 생산한 기록도 남아 있다. 중국에서는 서기 200년경부터 천연 가스를 이용해 소금을 굽기도 했다. 한국에서는 「삼국지」 '위지동이전魏志東夷傳' 고구려조에 소금을 해안지방에서 운반해 왔다는 기록이 있다. 그토록 오랜 옛날부터 소금은 사람살이에 필수적인 요소가 된 것이다.

신안군은 천일염 생산의 메카다. 신안군에서 한국 천일염의 65퍼센트 이상 생산한다. 천일염 생산의 중심지에 도초, 신의, 비금, 증도 등의 섬이 있다. 해마다 여름이면 고정적으로 도초나 비금을 찾는 피서객들이 있다. 그들 중 일부는 서울이나 도시에서 소금구이 고깃집을 하는 사람들이다. 섬에 와서 가족들과 함께 해수욕도 즐기고 돌아갈 때는 타고 온 화물 트럭에 싸고 질 좋은 천일염을 가득 싣고 돌아간다.

"할머니 울지 마
내가 영감 하나 사 주께"

도초도 2

바위의 옷으로 만든 묵

오늘 도초항 선창가 식당들은 한산하다. 더러 문을 닫은 집도 있다. 식당 몇 군데를 어슬렁거리다가 후미진 곳의 작은 식당 문을 열고 들어선다. 식탁은 달랑 하나. 이미 공사장 인부인 듯한 사내 둘이 앉아 막걸리를 마시고 있다. 식당 안에는 또 문이 달리지 않은 작은 방이 하나 있다. 할머니 한 분 밥상을 차리고 계시다. 자리가 없지만 그래도 염치불구하고 밥이 되는지 물어본다. 주방에서 나온 여주인은 머뭇거리며 대답을 주저한다.

"이리 올라오시오. 같이 묵읍시다."

방에서 상을 차리던 할머니가 함께 밥을 먹자고 권하신다. 겸상이면 어떤가. 감지덕지다. 할머니는 식당 주인의 시고모다. 마실 왔다가 주인이랑 저녁밥을 먹으려던 참이었다. '젓국'이랑, 조기구이, 백김치, 동치미, 굴무침, 김무침, 도라지나물에 박나물, 약밥까지 상차림이 남도 밥상답게 걸다. 아! 냄비 가득 끓인 구수한 젓국 냄새가 식욕을 자극한다. 남도에서는 굽거나 찐 생선에 야채를 넣어서 끓이는 국

을 젓국 혹은 간국이라 한다. 한 번 조리를 거친 생선으로 끓인 국은 생물이나 그냥 마른 생선으로 끓인 국과는 차원이 다른 깊은 맛을 낸다. 개미가 있다. 맛있다는 차원을 뛰어넘는 이런 음식을 '개미 있다'고 하는 것이다. 오늘 젓국은 설날 쪄서 상에 올렸던 생선들, 감성돔, 병어, 우럭, 서대, 민어 등으로 끓였다. 젓국은 고추장아찌를 넣어 간을 했다. 이 또한 깊은 맛이 우러나오게 만드는 비법인 듯하다. 도라지나물은 살살 녹는다. 말린 박나물은 도초도의 향토 음식이다. 그런데

푸르스름한 저 묵은 무어지. 바위옷이란다.

바옷, 독옷이라고도 하는 바위옷은 해안가 바위에 이끼처럼 붙은 해초다. 그것을 긁어다 묵을 고았다. 이 또한 신안 섬의 전통 음식이다. 결혼식 등의 잔치 음식으로도 귀한 대접을 받는다. 예전에는 마을 사람들끼리 잔칫집이 있으면 "한 다라씩 써다 줘. 품앗이 하고" 그랬던 음식이다.

"길게 두 도막씩 잘라서 썰어 올리면 질로 잘 묵는 게 이거여. 참기름에 진간장 발라서 묵고."

예전에는 결혼식도 다들 신랑 집에서 했다. 어느 해던가 이 섬의 결혼식 날 신랑이 바위옷을 보더니 식욕을 참지 못하고 손으로 냉큼 집어 먹었다. 그걸 본 신랑 친구가 "아무리 먹고 싶어도 그렇지 새신랑이 그걸 손으로 집어 먹냐"고 타박했다. 그러자 새신랑이 "그럼 니는 발로 묵냐" 그러더란다. 바위옷은 새신랑마저 염치를 잊게 할 정도로 유혹적인 맛이었다. 이 좋은 성찬을 앞에 두고 술 한잔이 빠질 수 없지. 막걸리를 한잔하시자고 권하니 주인과 시고모님은 다른 술을 드시겠단다. 나그네는 막걸리를 마시고 두 분은 복분자주를 드신다. 막걸리는 도초도에서 양조장을 하다 뭍으로 나간 사람이 영암 삼호읍에 양조장을 차리고 만든 것을 수입해 왔다. 물맛이야 다르겠지만 이 또한 도초도 막걸리나 진배없다.

"영감은 늘 나 보듬고 업어줬어"

술잔을 비우던 시고모님이 한숨을 쉬신다.

"집에 혼자 있으면 저세상으로 가고 싶어."

남편이 저승으로 떠난 지 일 년. 여전히 상심이 크다. 그래도 살아야겠기에 집 밖으로 나오셨다.

"사람 있는 데로 뛰어야지. 그래서 사람들도 만나고 그래."

남편은 폐암에 걸려 다섯 해 동안 서울대병원을 오가며 치료받았다. 일 년씩이나 입원도 했지만 머리로 전이돼서 뇌수술만 받고 육 년째 되던 해에 세상을 떴다. 살아생전 유독 금슬이 좋았으니 그 빈자리가 컸다.

늘 상심에 젖어 울고 있는 할머니가 안타까웠는지 어느 날 광주 사는 아들집에 갔더니 초등학교 1학년인 손녀가 "내가 영감 하나 해 주께 울지 마" 그러더란다. 그래서 울다가 한바탕 웃었다. "수애야 할머니가 영감 해 가면 우리 수애 볼 수 없어. 놈의 식구 돼 버려. 그랬지. 지 속으로 짠했던 모양이제." 그래도 손녀는 굳이 "영감을 하나 사 갖고 오겠다"고 큰소리쳤다. "사람들이 느그 할머니 못 났다고 그러던데 어느 영감이 좋아할까?" 그러니 손녀는 씩씩거리며 "우씨, 우리 할머니 엄청 섹시하고 이뻐. 누가 그래, 내가 박을 깨불라니까."

박을 깬다는 것은 머리통을 깬다는 말이다. 어른들이 하는 소리를 들었던 모양이다. 그래서 또 한바탕 온 식구가 배꼽을 잡고 웃었다. 어려서 몇 해를 데리고 키운 아이라 할머니에 대한 정이 유난히 깊은 손녀다. 그러고 한참 뒤 손녀가 섬에 놀러 왔기에 물었다.

"수애야 어째서 영감 안 해 줘?"

그러자 손녀는 "할머니, 영감이 없어. 지나가는 할아버지들한테 '애인 있으세요' 물어 봐도 다 있대. 없다 하면 할머니 결혼시켜 줄라 했는데" 그러더란다. 그래서 또 어찌나 웃었는지 모른다. 그렇게 손녀가 잃어버렸던 할머니의 웃음을 되찾아 주었다.

건너 섬 비금도처럼 도초도 또한 겨울에는 시금치가 특산물이다. 벼농사만으로는 살 수가 없어서 다들 가을이면 논에다 시금치를 심어 겨울에 수확한다. 겨울 시금치는 어느 때보다 달고 고소하다. 시고모님도 시금치 농사를 지었다. 올해는 10킬로그램짜리 박스로 50개를 했다. 그러고는 몸살이 나서 몸져누웠다. 시금치는 그저 캐다 파는 게 아니라 시든 잎을 떼어 내는 지난한 공정을 거쳐야 상품으로 출하된다. 그 노동이 보통 고된 것이 아니다. 50박스 해서 170만 원 정도를 벌었지만 거기서 박스 값 떼고, 입찰비, 노조비, 상차비 등을 떼고 나니 손에 들어오는 돈은 110만 원이었다. 비료값은 계산도 안 했으니 겨우 품삯 정도만 번 셈이다.

시금치는 대게 서울의 가락동 농수산물시장으로 보내져 경매되는데 그 값이 늘 등락을 거듭한다. 올해는 보통 박스당 3만 원 선인데 오늘은 설 뒤끝이나 나온 물량이 적어서 딱 한 차가 올라가 10만 원까지 나갔다. 극히 드문 일이다. 할머니는 최고가 5만2천 원짜리 다섯 박스가 나온 적이 있었다. 그날 할머니는 "영감 사진 보면서 웃었어. 아이고 영감 우리 것 경매 본 사람 눈 가려 버렸어." 경매한 사람이 눈을 감고 시금치를 경매해서 값이 높게 나왔다는 말이다. "맨날 같이 방에서 울고만 있다가 영감 죽은 뒤 집에서 첨 웃어 봤어."

저녁밥을 다 드시고 시고모는 식당에 있는 시금치를 다듬는다. "손놀림이 빠르시네요." 그러자 한말씀. "내 손은 어딜 가나 안 놀라고 하재." 타고 난 부지런함이다.

"영감 죽고 나서 젤로 좋은 건 방구 맘대로 낄 수 있는 거"

시고모님은 예순셋, 남편은 위로 띠동갑이었다. 남편은 첫 부인과 사별했고 시고모님은 결혼을 한 적 없는 처녀였으나 아이가 하나 딸린 처녀였다. "첫발을 잘못 디뎌갖고." 남편과는 중매로 결혼해서 아들 하나를 더 낳았으니 첫 부인 자식 셋, 데려온 자식까지 도합 5남매를 키워서 학교 보내고 다들 결혼까지 시켰다. 결혼해서는 지독히도 시집살이를 했다. "시엄마한테 뒈지게 당해 부렀어." 시어머니는 남의 성받이 자식을 집안에 키우는 며느리가 못마땅했다.

게다가 결정적인 사건이 있었다. 시어머니는 신기가 있었다. 그래서 사흘이 멀다 하고 밥을 해 놓으라 했다. 처음에는 그 말씀을 따랐지만 나중에는 며느리를 괴롭힐 생각이 있을 때마다 밥을 해 놓으라 했다. 그것을 알고는 밥을 해 올리지 않았다. 그때부터 미움이 더 깊어졌다.

낮에는 시집살이에 고달팠지만 그래도 부부 사이가 어찌나 좋은지 밤이 돼서 방에 들어가기만 하면 온갖 시름이 다 풀어졌다. "모가지 긁어 보듬고 나 업어 줘 했어." 그러면 신랑은 어김없이 각시를 업어 줬다.

"안 업어 주곤 못 배겼제. 업어서 방 한 바퀴 돌아야 내가 떨어졌거든."

영감이 돌아가시고 나서 따라 죽고 싶을 정도로 그렇게 슬펐지만 그래도 좋은 것도 한 가지 있다.

"죽고 나서 젤로 좋은 것 하나가 있어. 머냐면 방구 맘대로 낄 수 있는 것."

남편은 여자가 방구를 함부로 낀다고 방구만 끼면 뭐라고 했다.

"버릇없다고 방구도 못 끼게 했어. 소리 없이 끼라고."

이제는 방 안에서 뿡뿡 방구를 맘껏 낀다. 속 한번 시원하시겠다. 그런데 시고모님이 처녀이면서 애가 있었던 것은 왜였을까?

당시 섬이나 시골 아이들은 대게 초등학교만 졸업하면 서울로 가서 공장에 들어가거나 식모살이를 했다. 시고모님도 식모살이를 전전했다. 열아홉이었던가. 어느 부잣집에 식모로 들어갔다. 그 집주인 남자는 어린 식모 처녀를 겁탈했다. 그러다 아이까지 뱄다. 어쩔 수 없이 아들을 낳았다. 주인 부부는 아이만 두고 식모 처녀를 쫓으려 했다. 어린 엄마는 갓난아이를 포대기에 싸서 안고 도망쳐 고향으로 내려왔다.

남동생은 처녀가 아이를 가졌다고 누이를 부끄러워하고 구박했다.

부랴부랴 중매를 해서 도망치듯 애를 안고 시집을 왔다. 인연이었을까. 복이었을까. 남편은 각시를 무던히도 아끼고 사랑했다. 술도 안 마시고 노름도 할 줄 모르고 성실했다. 농사를 짓던 남편은 가을걷이가 끝나면 서울로 가서 작업장 인부로 돈을 벌어와 가정을 꾸렸다. 아이들 키우고 가르치고 혼사시켜 주고 이승을 떴다. 삶이여 어찌 눈물겹고 거룩하지 않으랴!

"내가 김일성이 아들이요"

비금도 1

목선은 낡아 가고

도초도에서 서남문대교를 건너 비금도 해안길을 걷는다. 비금면 수
대리 송치, '남해듸젤' 앞 해변에는 폐선 한 척이 정박해 있다. 폐선은
목선이다. 한때는 영원히 정박을 모를 것처럼 떠다녔을 목선. 폐선은
외지 사람이 이곳에 놔두고 간 것이다. 남해듸젤 집 여자의 이야기다.
가지러 오겠다던 배 주인은 끝내 돌아오지 않았다. 낡은 차를 폐차장
에 보내지 않고 외딴 곳에 버린 것같이 목선도 그렇게 버려진 것이다.
저 목선처럼 정착을 모르고 떠도는 나그네도 마침내 어느 적 어느 해
변에서 낡아 가게 될 것이다.

도초와 비금 사이 해협에는 두 척의 어선이 떠 있다. 한때 조기와 꽃
게로 흥청거렸던 바다. 조기와 꽃게 어장이 사라진 뒤에도 여전히 이
바다에서 사람들을 먹여 살리는 것은 젓새우다. 하지만 오늘 떠 있는
저 두 척의 배는 새우잡이배가 아니다. 고기잡이 그물배. 멀리서도 배

의 용도를 구분할 수 있는 것은 배에 실린 선구들 덕분이다. 저 배들의 선미에는 붉은 깃발들이 꽂혀 있고 뱃머리에는 도르래가 장착되어 있다. 고기잡이배들은 그물을 내리고 저 깃대를 꽂아 위치를 표시한다. 새우잡이배는 깃발을 사용하지 않는 대신 복수라고 하는 부표나 튜브를 싣고 다닌다. 남해되젤 집 여자는 서른다섯 해 전에 비금도로 이주해 왔다. 선박 수리 기술자인 남편을 따라 들어왔다.

"옛날에는 깡다리, 부서 그런 것이 많이 나왔지라. 인제 부서는 보자도(볼려고 해도) 없어라우. 그래도 봄엔 깡다리랑 갑오징어가 쪼맨치 나긴 합디다만. 이 마을은 어장배도 많고, 장사하는 사람들은 장사하고 그래라우. 어디나 다 똑같지라. 사람 사는 거시사."

쥐 한 마리가 폐선의 선체로 기어오른다. 폐선은 쥐들의 보금자리가 된 지 오래다. 폐선의 뱃머리는 아주 파손되었고 배의 판자들을 이어 주던 쇠도 부식되어 가루가 날린다. 여자는 더러 육지에 나가기도 하지만 섬이 그리워 이내 돌아온다.
"나가면 심심해라우. 여그서는 넓은 바다도 보고 그란디 나가면 답답해라우."

해변가 정자에는 늙수그레한 아낙들 서넛이 둘러앉아 막걸리를 마시고 있다. 안주는 육회다. 오늘 막 잡은 소고기를 도마에 올려놓고 그대로 썰어서 먹는다. 나그네에게도 권하지만 나그네는 육고기를 끊은 지 오래라 막걸리만 한 사발 받아 들이킨다. 아낙은 무화과를 내민다.

도초도에서 난 것이란다. 어느 놈이 달까? 나그네는 주저 없이 벌레 먹은 자국이 있는 것을 베어 문다.

"묵을 줄 아는구만."

"그람이라우 요런 게 안 맛납소."

"벌레 묵고 남은 걸 사람이 묵어야제. 요새 사람들은 너무 깨끗한 것만 묵으께 병이 걸려라우. 옛날 우리는 흙을 주서 묵고 그랬어도 건강했는디."

맞는 말씀이다. 벌레가 먹는 것은 어느 것이고 사람이 먹어도 괜찮지만 사람이 먹는 것은 벌레가 먹을 수 없는 것도 많다. 그만큼 사람의 먹거리가 독해졌다는 반증이리라. 송치마을 경로당 앞에 건립 기념비가 서 있다. 기념비의 내용이 재미있다. 비석의 기증자인 마을 노인 회장이 손수 비문을 지었다.

"노인은 구구팔팔 이삼사 하고 중장년은 사업이 번창하여 마을 전체가 부귀할 것이며 청소년은 전국 각지로 풀려 장래에 나라의 기둥감이 되리로다."

구구팔팔 하고 이삼사. 노인들 사이에 유행하는 숫자가 9988과 234라던가. 노인들은 건배를 할 때도 구구팔팔 이삼사를 외친다. 구십구 세까지 팔팔하게 살다가 이틀 만 아프고 사흘째 죽게 해 달라는 염원을 담은 숫자. 건강하게 오래 살 수만 있다면 죽음도 기꺼이 받아들이겠다는 노인들의 담박한 태도가 부럽다. 태어난 모든 것은 죽는다는 진리를 누가 부정할 수 있으랴. 그래도 나그네는 여전히 이 유한한 삶이, 존재의 사멸이 쉽게 납득이 가지 않는다.

시조염전

신안군 비금도는 면적 44.13제곱킬로미터, 해안선 길이 86.4킬로미터에 4,000명의 주민이 살아간다. 서쪽 해안은 다도해해상국립공원에 속할 만큼 절경이고, 북쪽 해안에도 원평해수욕장, 명사십리해수욕장 등 고운 모래 해변이 있다. 드라마 등을 통해 이름이 알려진 하누넘해변은 하트 모양으로 생긴 그 형태 때문에 젊은 연인들의 호기심을 자극한다.

비금도는 '섬초'라는 브랜드를 가진 시금치의 고장으로 명성이 자자하다. 한겨울에도 비닐하우스가 아니라 노지에서 자라는 시금치는 달고 고소하다. 그래서 겨울이면 비금도의 논밭은 온통 녹색의 시금치밭으로 돌변한다. 겨울 비금도의 가장 큰 소득원이다. 하지만 비금도는 시금치 이전에 도초도처럼 소금 섬이기도 하다. 호남지역에서 최초로 천일염전이 생긴 곳도 비금도였다. 1946년 비금도의 손봉호, 박삼만 등이 수림리의 화염터에 천일염전을 조성했다. 이 염전은 비금도에 생긴 첫 번째 천일염전이라 해서 1호 염전 혹은 시조염전이라 한다. 과거 이 땅의 소금 제조 방식은 바닷물을 끓여서 소금을 만드는 화염이었다. 자염이라고도 하는 화염은 땔감의 낭비가 큰 데 비해 생산량이 적었다. 그래서 새로 도입한 것이 태양광을 이용해 소금을 만드는 천일염전이었다.

이 땅 최초의 천일염전은 인천 주안 지역에 생긴 염전이었다. 1907

년 천일제염을 계획한 대한제국 조정에서 주안에 1헥타르 가량의 시험 염전을 만들어 성공을 거두자 1912년 주안에 88헥타르의 천일염전을 조성했다. 일제강점기 때는 천일염전의 개발을 조선총독부가 독점했다. 일제는 천일염전을 주로 경기 이북과 평남 광양만 일대에 집중 개발했다. 남부지방에 비해 강우량이 적어 생산성이 높은 북부지방에 염전을 조성했던 것이다. 하지만 해방이 되고 천일염전 개발이 민간에 개방되자 남부지방에도 염전이 생기기 시작했다. 비금도에 염전을 조성한 박삼만 등도 해방 직후 고향으로 돌아와 평남 광양만의 염전에서 염부로 일한 경험을 바탕으로 천일염전을 조성했다. 그 무렵 비금도에는 강달이 파시와 새우잡이가 성행해 소금의 수요가 절실했던 것도 비금도에 천일염전이 호남 최초로 생긴 이유 중 하나였다. 1호 염전 개발의 성공 뒤인 1948년 비금도 사람들은 대동단결해서 비금도 동부지역 갯벌에 제방을 쌓고 무려 100헥타르의 대규모 염전을 조성했다. 그래서 그 염전의 이름은 대동염전이다. 이 염전들로 말미암아 지금도 비금도는 소금 섬으로 명성을 이어가고 있다.

"내가 김일성이 아들이요."

섬이란 무엇일까. 1996년 서남문대교의 완공으로 비금, 도초는 하나의 생활권이 됐다. 다리로 연결된 후부터 두 섬은 더 이상 두 개의 섬이 아니다. 비금, 도초는 하나의 섬이다. 섬사람들은 더 이상 도초 사람, 비금 사람을 구분하지 않는다. 두 섬을 구분 지어야 할 까닭이 없기 때문이다. 논둑길을 걸어오던 사내 하나가 불쑥 말을 건다.

"아저씨, 김일성이가 죽었다 하요."

"예?"

"내가 김일성이 아들이요."

"아, 네!"

사내는 취한 듯 안 취한 듯 도시 알 수 없다.

"근디 말이요. 북쪽에 내 형들하고 누나가 있단 말이요. 정일이 형이랑, 평일이 형이랑."

"그러세요."

사내는 진지하게 횡설수설한다.

"광주 5.18을 폭도라고들 안했소. 지금은 민주화라 해 갔고 공동묘지도 쓰고."

사내는 우물우물 혼잣말처럼 한동안 말들을 쏟아내더니 자기의 논으로 돌아간다. 사내에게는 또 어떤 시대의 상처가 깊었던 것일까.

비금도 겨울 시금치 '섬초'

비금 벌판의 논들에는 이미 시금치 씨앗이 뿌려져 있다. 시금치 농사를 짓지 않는 논은 드문데 수문 근처의 논은 시금치를 심지 않았다. 사방이 매캐한 연기로 자욱하다. 할머니 한 분이 논바닥을 불태우는 중이다. 병충해를 없애려는 것일까?

"할머니, 볏짚들을 거름으로 쓰시지 왜 태우세요?"

"거름 안 되게 할라고."

거름이 되게 하는 것이 아니라 거름이 안 되게 한다니. 무슨 뜻일까.

"거름 되는 게 좋지 않은가요?"

"못써, 부글부글 끓어서. 나락 심어 노면 끓어갔고 벼가 다 죽어 부러."

제대로 발효되지 않은 볏짚은 거름이 아니라 오히려 해를 끼친다는 말씀이다.

"논에 시금치는 안 심으세요?"

"안 심어."

"왜요?"

"못 해 내께."

벼농사보다 몇 배 소득이 큰 것을 알지만 노인은 일손이 부족하고 힘에 부쳐서 시금치 농사를 못 짓는다.

"시금치는 손이 많이 가서. 겨울에 계속 캐내야 하니께 고생시럽기도 하고."

농수로를 따라 걷는다. 나락을 베던 초로의 내외가 점심을 먹으러 간다. 들일을 해도 들밥을 내올 사람이 없다. 내외는 나락 베던 낫을 내려놓고 승용차에 오른다. 농수로는 넓고 물은 풍성하다. 이 먼 섬의 수로까지 서울 낚시꾼들이 붕어 낚시를 오기도 한다. 스프링쿨러에서 뿜어져 나오는 물줄기가 비금 들판을 적신다. 시금치를 키우는 것은 절반이 물이다. 신안의 들판은 겨울에도 죽지 않는다. 시금치가 자라는 들판은 겨우내 푸르다.

작은 풀들로 인해 들판은 생명력 넘친다. 저토록 작고 사소한 것들의 은덕으로 사람의 삶도 이어진다. 발가락 하나만 아파도 나그네는 이 가을 들판을 걸을 수 없을 것이다. 내 몸의 하찮고 쓸모없어 보이는 것들마저도 어느 하나 소중하지 않은 것은 없다. 재빠르게 자라는 손톱과 느리게 자라는 발톱, 흰 머리카락과 고질적인 기침, 똥, 오줌까지도 살아 있음의 증거가 아닌 것은 없다.

길에서 만난 현자들

/
비금도 2

낚시하는 노인

비금 들판의 수로는 송치마을 끝자락에서 바다와 합류한다. 민물과 바닷물이 합수되는 갯벌은 물고기들의 먹이가 풍부하다. 수문 다리에서 노인 한 분이 낚싯대를 드리우고 있다. 노인은 요즘 농어촌의 유행인 사발이(사륜 오토바이)에 앉아 있다.

"할아버지, 뭘 낚으세요?"
"문절이나 잡지."

그러고 보니 이제 본격적인 문절이(망둥어) 낚시철이다. 때 만난 숭어들도 수면으로 툭툭 튀어 오른다.
"숭어는 안 잡으세요?"
"숭어는 꽉 찼어. 숭어 낚어서 뭣에 쓰게. 바닥(바다)에 것도 안 묵는디, 숭어는 안 묵어."

168
—
169

"왜요?"

"해금내 나서 안 묵어, 비렁내도 나고."

"다른 지방에서는 숭어도 먹던데요?"

"그런 디는 알아준디, 이런 디는 안 묵어. 여그 사람들이 안 묵는다
는 거제."

"여기 사람들은 숭어는 아주 안 먹나요?"

"다 똑같은디, 바닥에 것은 겨울에는 묵는디, 여름에는 안 묵어. 히
린내 나서, 해금내 나서 안 묵어."

얕은 갯벌에 사는 숭어나 여름 숭어는 흙냄새와 비린내가 심해 먹지
않는다. 하지만 깊은 바다에서 잡은 겨울 숭어는 먹는다는 말씀이다.

"바다에 나가서는 주로 무얼 낚으세요?"

"잡을 때도 있고 못 잡을 때도 있고 그라제."

"뭐가 많이 잡히는데요?"

"집이는 몰라. 그런 거 갈쳐줘도."

"갯지렁이는 직접 파서 쓰세요?"

"갈가시?"

"네."

"그라제. 그란디 거세는 붕어 낚시에나 쓰제. 갱물에서는 갈가시를
쓰고."

여기 사람들은 지렁이를 거세라 한다. 거세는 뭍의 흙에 사는 지렁
이. 갈가시는 청거시라고 하는 푸른 갯지렁이다.

"문절이는 어떻게 요리해 드시는데요?"

"인자 등 타가꼬 몰려서 해 묵제. 그냥은 못 묵어. 죽어 부럿쓰께. 쌩으로 회해 묵어야 쓴디, 못해 묵으면 그냥 등 타가꼬 몰리제."

"탕으로는 안 끓여 드세요?"

"문절이는 여그서 끓여 노면 누가 묵도 안 해. 말려 노면 묵는디."

"맛없어서요?"

"그냥 안 묵어."

"근디 머 하러 여그 왔능가? 누구 알음 있능가?"

"아뇨. 그냥 왔습니다."

"그런 돈 있으면 집이서 묵고 살어. 이런 데 섬 구겡해서 머 한다고. 돈이 아깝제."

"할아버지는 비금이 고향이세요?"

"비금이 고향이여."

"어느 마을이신데요?"

"여그서 가까."

노인의 오토바이 뒤에는 낚싯대가 여러 개다.

"민물낚시도 하세요?"

"바닥에서도 할람 하고, 여그서도 하고. 민물에서는 안 해."

"여기 사람들은 민물고기는 안 먹나요?"

"붕어는 묵는디, 붕어는 묵지. 다른 거슨 안 묵어. 냄시 나서. 붕어도 비렁내나. 그래도 존 거시께 묵어."

"놀러 다니지 말고 괴기배 타등가 염전이나 대녀"

노인은 낚시를 드리우고, 나그네는 구경하고, 둘은 한참을 말이 없
다. 노인이 불쑥 침묵을 깬다.
"염전에나 다니게. 염전 대니면 돈 벌제."
"염전에서 일하면 일당은 많이 줍니까?"
"소금 가매니로 얼마 묵제."
"…"
"갯수로 묵는다, 이 말이여, 뭔 말을 알아묵도 못 하고."
노인이 버럭 화를 내신다.
"어떻게요?"
"갯수로 나나 묵으께. 열 가마니 내면 염전 다닌 사람들끼리 여섯
개 가꼬 시니(셋이) 나눠.
하나 앞에 두 가마니씩이나 되것제. 염전 임자는 니 개(네 개) 묵제."

나그네는 노인이 하는 말들을 놓치지 않고 받아 적는다. 노인이 딴죽
을 건다.
"그런 거 적지 마. 이녁 필요 없는 것 적어갓꼬 대니면 형무소 가.
필요 없는 것 적지 마. 근디 여그 누구 형제간 있능갑제."
"아니요."

노인은 아무 연고도 없이 섬마을을 찾아와 배회하는 나그네가 미심
쩍다. 노인은 끝내 아픈 곳을 콕 찌른다.

"게을러갖고 일 안 해 묵을라면 돈 쓰지 말고 집이서 가만 있어야
돼."
"집이 없거든요."

"그라면 괴기배 타등가, 염전이나 대녀"

한동안 입질이 없다. 노인은 드리웠던 낚시를 거둬들인다.
"물도 안 하네. 물도 안 해. 에이 씨발 도로 가야 쓰것다. 본 자리로."
노인은 사발이를 몰고 자리를 옮긴다. 수문 다리 중간쯤에 앉아 낚
시를 던진다.
"점심은 어쨌능가?"
"아직 안 했습니다."
"그라면 여그는 식당도 없고. 도초도까정 가야 할 턴디. 아님 쩌그
사거리까장 가야 헌디."
"잠은 어디서 잤능가?"
"도초서요."
"그람 걸어 왔능가?"
"예."
"자식들이랑 같이 사세요?"
"농사도 없고 하께 나가서 살라고 해 부렀어. 나가서 즈그들끼리 멋
대로 살라고 하제."
노인이 갑자기 낚싯대를 잡아챈다.

"문절이 온다. 문절이."

비료를 싣고 가던 트럭 한 대가 노인 옆에 멈춘다.

"많이 나깟소."

"잉."

"밥도 안 자고 그러고 나끄요?"

"밥을 늦게 묵어놔서."

트럭은 농로를 따라 떠나고 노인은 다시 낚시를 던진다. 노인의 오토바이에는 낡은 목발 두 개가 실려 있다.

"많이 잡으세요. 할아버지."

"조심해 가게잉."

"구경 삼아 가씨오, 싸득싸득"

비금도 마을들은 들판의 끝 산자락을 따라 형성되어 있다. 난개발의 침입을 덜 받은 집들은 단정하다. 농로는 포장되지 않은 흙길이라 걷기에 편하다. 수로 옆으로 난 들길, 해변길, 염전길, 마을 안길, 고갯길, 실로 다양한 삶의 길들이 혈관처럼 섬 곳곳으로 퍼져 있다. 해변을 따라 송치, 외포 내포, 월포, 마을이 있고, 선왕산 밑으로는 죽치, 임리, 외촌, 내촌마을이 터 잡고 있다. 월포마을 수로 변에서 아주머니 한 분이 콩을 타작 중이다. 검은콩의 작황이 썩 좋아 보이지 않는다.

"오매 여그까장 걸어왔소."

"예, 들판이 아주 넓던데요."

"그래라우. 서울 사람들은 여그가 바단 줄 알고 왔다가 놀래라우. 육지라고."

"콩 농사를 많이 지으셨어요?"

"비가 많이 와갔고 다 썩어 불고 남은 게 벨로 없어라우."

"속상하시겠어요. 아주머니."

"더 걸어 가실라우."

"예."

"구경 삼아 가씨오. 싸득싸득."

나그네는 싸득싸득 들길을 걷는다. '싸득싸득' 그 말이 참 정겹다.

하루 종일 비금도 들길, 해변길 30여 킬로미터를 걸었다. 한낮의 햇살은 여전히 뜨겁지만 저녁 해는 많이 짧아졌다. 오른쪽 무릎이 시큰거린다. 숙소가 있는 도초항까지는 아직도 5킬로미터가 남았다. 해 떨어지기 전에 도착할 수 있을까. 무릎 아픈 것을 핑계로 차를 얻어 탈 생각을 한다. 네 대째, 지나가는 차에게 손을 들었지만 누구도 세워 주지 않는다. 여러 번 거절당할수록 자꾸 자동차 앞에서 비굴해진다. '무릎 좀 아프다고 이러면 쓰나.' 퍼뜩 정신이 되돌아온다. 그래 천천히 쉬엄쉬엄 가자. 급히 가야 할 이유도 없지 않은가. 차 얻어 탈 생각을 버리니 나그네는 다시 길의 주인이 된다. 풍경의 주인이 된다. 밤길인들 어쩌랴. '나그네는 길에서도 쉬지 않는다.'

'우이도 처녀,
모래 서 말 먹고 시집가다'

/
우이도

새벽은 밤을 꼬박 지샌 자에게만 온다.

낙타야,

모래 박힌 눈으로

동트는 地平線을 보아라.

바람에 떠밀려 새날이 온다.

일어나 또 가자.

사막은 뱃속에서 또 꾸르륵거리는구나.

지금 나에게는 칼도 經도 없다.

經이 길을 가르쳐 주진 않는다.

길은,

가면 뒤에 있다.

단 한 걸음도 생략할 수 없는 걸음으로

그러나 녀와 나는 九萬里 靑天으로 걸어가고 있다.

황지우의 시 '나는 너다 503' 전문

사막으로 가는 배를 탄다. 우이도는 모래섬, 사막의 섬이다. '우이도 처녀는 모래 서 말을 먹어야 시집간다'는 속담이 전해질 정도로 우이도는 모래가 많은 섬이다. 목포항에서 섬사랑6호를 탄다. 여객선은 기항지 도초도를 거쳐 우이도로 간다. 우이도는 신안군 도초도의 새끼 섬이다. 그러나 도초도의 새끼 섬 우이도 또한 더 작은 새끼 섬, 동소우이도와 서소우이도에게는 어미 섬이다. 사람에게만 피가 흐르랴. 섬들도 모두 크고 작은 핏줄로 이어진 혈육지간이다. 우이도는 과거 흑산진의 관할이었다. 일제가 가거도를 소흑산도로 명명했지만 원래는 우이도가 소흑산도였다. 섬사랑6호는 완행 여객선이다. 우이도 본섬의 진리, 돈목, 성촌과 동소우이도, 서소우이도를 빼놓지 않고 기항하는 여객선은 우이도 사람들의 '마을버스'다.

여객선은 우이도 진리 포구로 입항한다. 우이도란 이름은 섬의 모습이 황소의 귀처럼 생겼다 해서 붙여진 것이다. 섬의 서쪽 양단에 두 개의 반도가 돌출한 것이 소 귀 모양으로 보였기 때문이란다. 그래서 소구섬, 우개도란 이름으로도 불렀다. 면적 10.7제곱킬로미터, 해안선 길이 21킬로미터, 인구 150여 명이 사는 아담한 섬이다. 주민등록상에는 120세대 210명으로 되어 있지만, 실제는 80세대 150여 명만이 거주한다. 고향에 집과 적을 두고 가끔씩 드나들며 사는 이들 때문에 생긴 오차다. 옛날에는 흑산진 산하 수군이 주둔하던 우이보가 있던 진리마을이 지금도 섬의 행정 중심이다. 그래서 면출장소가 있다.

하지만 진리 포구로 드나드는 사람은 많지 않다. 우이도에 오는 여행객들은 모두 모래언덕이 있는 돈목이나 성촌으로 가기 때문이다. 진리 포구에 구수한 젓갈 냄새가 진동한다. 멸치젓갈을 삭히는 드럼통 여섯 개가 나란하다. 섬에 다니면 가장 흔하게 접하는 이름이 진리, 진촌, 읍리, 읍동 등의 이름이다. 읍동은 고려 때 섬의 행정관청이 있던 마을이고, 진리는 조선시대 수군이 주둔하던 마을이라 보면 된다. 비금도에는 효자비가 많더니 우이도에는 열녀비가 여럿이다. 밀양 박씨, 상원 김씨 열녀비가 길가에 정렬해 있다. 상원 김씨 열녀비는 열녀상이 마리아상을 닮았다 해서 화제가 돼 방송에도 소개됐다. 후손이 천주교 신자였던 것은 아닐까 싶다.

진리에는 두 개의 선창이 있다. 여객선이 출입항하는 새 선창과 마을 입구에 있는 옛 선창이다. 이 옛 선창은 한국 해양문화사에서 가장 중요한 유물 중 하나다. '우이 선창'이란 이름으로 불리는 이 선창은 이 땅에서 현존하는 가장 오래되고 원형이 잘 유지된 옛 선창이다. 1745년 3월(영조 21년)에 완공됐으니 물경 삼백 년 남짓이나 된 것이다. 개발의 바람이 비껴간 먼바다 낙도라 보존이 가능했다.

우이 선창은 포구와 방파제, 배를 만드는 선소 기능까지 했던 곳이다. 선창 안 중앙에는 계주목(벼리목)이 있는데 배를 고정시키는 시설물이다. 요즘 만드는 방파제들도 태풍 한번이면 무너지기 일쑤인데 우이 선창은 삼백 년 동안이나 본 모습을 잃지 않고 있다. 현재 우리의 토목 수준이 얼마나 천박한지 보여주는 증표이기도 하다. 우이 선창은 전라남도 기념물 243호로 지정되어 있는데 도저히 납득이 가지 않는다. 국보급 문화재가 겨우 도기념물이라니. 우리는 얼마나 바다와 섬과 해양사를 천대하고 있는가. 부끄러운 일이다. 속히 국보나 보물로 지정함이 마땅하다.

우이도는 서소우이도보다 면적이 열 배 이상 크고 인구도 많지만 학교가 없다. 진리에 있던 분교가 폐교된 뒤 아이들이 더 이상 돌아오지 않는 늙은 섬이 되었다. 교육청에서는 취학 아동이 없어지면 학교를 폐교시키지만 아이들이 생긴다 해서 다시 학교를 열어 주지는 않는다. 폐교는 쉬워도 개교는 어렵다. 학교가 없는 섬에 젊은 사람들이 들어와 살 길은 요원하다. 섬은 점점 늙어 가고 무인도가 되지 않더라도 내내 늙은 섬으로만 남게 될 것이다.

조선의 홍어 장수 문순득 해외를 떠돌다

1801년(순조 1년) 제주도에 한 척의 배가 표류해 왔다. 배에는 5명이 타고 있었지만 말이 통하지 않아 어느 나라 사람들인지 알 수가 없었다. 조선의 조정에서는 청나라 사람으로 여기고 심양으로 송환했지만 청나라에서는 자기 나라 사람이 아니라며 다시 조선으로 돌려보냈다. 표류인들은 아홉 해 동안이나 제주도에 억류됐다. 그런데 1809년 이들 앞에 구세주가 나타났다. 우이도에 사는 문순득이란 사람이었다. 이들은 여송국(필리핀) 사람들이었는데 문순득이 여송국 언어를 알고 있었다. 덕분에 표류인들은 꿈에도 그리던 고향에 돌아갈 수 있었다. 그런데 머나먼 외딴섬 우이도에 살던 문순득은 어떻게 필리핀어를 알게 됐던 것일까.

문순득 또한 표류의 경험이 있었기 때문이다. 우이도 출신 홍어 장수 문순득은 1901년 12월 흑산 홍어를 사서 싣고 영산포로 가다가 표류해서 외국의 여러 나라를 떠돌다 네 해 만에야 고향으로 돌아왔다. 홍어 장수 문순득이 홍어를 사러 갔던 곳이 신안군 태도군도의 서쪽, 서바다이다. 홍어잡이배들이 태도 바다에서 잡은 홍어를 문순득 같은 상인들은 도매로 사서 영산포로 싣고 나가 팔았던 것이다. 흑산도와 가거도 사이 상, 중, 하태도, 세 개의 섬으로 이루어진 태도는 당시 태사도太砂島라고 했다.

태사도太砂島에 갔다가 돌아오는 길에 풍랑을 만나 표류한 문순득 일행은 유구국琉球國의 오키나와까지 흘러갔다. 문순득 일행은 오키나와에서 석 달 동안 머물다가 조선으로 돌아가기 위해 중국행 배를 탔는데 다시 풍랑을 만나 여송국의 마닐라까지 표류해 갔다. 문순득은 여송국呂宋國에서 아홉 달 동안 머물다가 마카오, 광둥, 난징, 베이징을 거쳐 1805년 1월에야 고향 우이도로 돌아갔다.

역사 속에 묻혀 버릴 수도 있었던 문순득의 표류담이 오늘날까지 전해지게 된 것은 당시 우이도에서 유배살이를 한 정약전 덕분이다. 다산 정약용의 형이자 「자산어보」의 저자인 정약전은 천주교도와 진보

적 사상가 100여 명이 처형되고, 400여 명이 유배된 신유박해(1801년) 때 흑산도 유배형에 처해졌다. 정약전은 흑산진 관할이던 흑산도와 우이도를 오가며 유배 생활을 했는데 문순득이 귀향한 1805년에는 우이도에 살고 있었다. 문순득은 정약전에게 표류담을 전했고 정약전은 이를 기록한 「표해시말」이라는 책을 남겼다. 책에는 문순득이 경험한 당시 동아시아 지역의 풍속과 생활상, 언어 등에 대한 정보가 들어 있다. 오키나와 지역의 장례 문화와 전통 의상에 대한 기록도 있고, 당시 필리핀 사람들이 닭싸움을 좋아했다는 정보도 들어 있다. 참으로 귀중한 사료다.

문순득의 표류담은 당시 강진에 유배 중이던 정약전의 동생 정약용에게도 전해졌다. 정약용은 문순득이 마카오에서 보고 온 화폐제도를 참고해 「경세유표經世遺表」에 화폐제도의 개혁안을 남겼다. 정약전은 문순득이 개국 이래 해외의 여러 나라를 최초로 보고 돌아온 사람이란 뜻으로 천초天初라는 자字를 지어 주었다. 물론, 문순득이 외국을 표류했다 귀환한 최초 사람은 아니다. 조선중기의 문신 최부(1454~1504)나 제주도 유생 장한철(1744~?) 또한 항해 중 표류를 경험하고 「표해록」을 남긴 바 있다. 그밖에도 기록으로 남지 않은 수많은 어부나 뱃사람들의 표류도 있었을 것이다. 하지만 정약전과의 만남으로 문순득은 자신의 표류담을 후세에 전할 수 있었고 우리는 그 덕에 그의 이야기를 전해 들을 수 있게 됐다.

정약용도 문순득이 여송국까지 표류했다가 살아 돌아왔다는 뜻으로 문순득의 아들에게 여환呂還이란 이름을 지어 주기도 했다. 정약전 사후인 1818년에는 정약용의 강진 유배 시절 제자 이강회가 우이도로 문순득을 찾아가 외국의 선박에 대한 이야기를 듣고 우리나라 최초의 외국 선박에 관한 논문인「운곡선설雲谷船說」을 썼다. 이강회는 정약전의「표해시말」과 자신이 쓴「운곡선설」등을 묶은「유암총서柳菴叢書」를 남겼다.

정약전이 최후를 맞이한 곳도 우이도다. 1814년(순조 14) 여름, 다산은 유배에 풀려날 것 같다는 소식을 접하고 형을 만나러 흑산도에 가겠다는 전갈을 보냈다. 하지만 정약전은 "나의 아우로 하여금 나를 보기 위하여 험한 바다를 건너게 할 수 없으니 내가 우이보牛耳堡에 가서 기다리겠다"고 한 뒤 우이도로 떠나려 했으나 흑산도에 남아 주길 간청하는 주민들의 만류로 한 해가량 더 흑산도에 머물렀다. 1816년 다시 우이도로 건너온 손암은 결국 동생인 다산을 만나지 못하고 우이도에서 숨을 거두었다. 진리마을에는 홍어 장수 문순득이 살던 집이 아직도 남아 있다. 문순득이 살던 집은 근래까지도 후손들이 살았으나 지금은 빈집이 되었고 정약전이 살던 집은 터만 남았다.

최치원도 머물고 정약전도 살다간 섬

배를 타지 않고 육로를 택한다면 진리마을에서 돈목이나 성촌마을을 가기 위해서는 두 개의 험한 고개를 넘어야 한다. 십 리 산길. 진리 고개를 넘으니 산속에 너른 분지가 나타난다. 할머니 한 분이 지팡이에 의지에 힘겹게 산길을 오른다. 돈목에서 오시는 길이다. 할머니는 저 느린 걸음으로 족히 두 시간은 걸어왔을 것이다. 산에는 산열매들이 익어 간다. 으름은 아직 벌어지지 않았고 가막사리는 시큼하다. 구지뽕나무 열매는 주홍빛으로 물들기 시작했다. 산머루는 설익은 것이 반이다. 산머루와 구지뽕 열매를 따서 갈증을 채운다. 가을 산길을 가는 즐거움의 반은 산열매들이 준다.

산속에 빈집 두 채가 보인다. 돌담만 남은 집터도 여럿이다. 전봇대를 보니 아주 오래된 것들이다. 언제까지 사람들이 살았을까. 젊은 사람들은 모두 떠나고 남은 노인들도 이승을 떠나면서 마을은 폐촌이 되었을 것이다. 떠나간 노인들은 저승의 어느 산골짜기 양지에 또 집을 짓고 머무시는 것일까. 빈집은 두 채만이 아니다. 빈집과 담장들, 여기도 한때는 제법 흥성한 마을이었다. 농사짓던 산밭도 제법 넓다. 나무를 때고 곡식이 귀하던 시절에는 우이도의 부촌이었을 것이다. 마을은 스무 해 전쯤에 폐촌이 된 대초리. 오백여 년 전 우이도에 처음으로 생긴 마을이었다. 시간은 가장 오래된 것을 가장 먼저 사라지게 만들었다.

바닷바람을 덜 받는 산속이라 그런 것일까. 마지막 사람이 떠난 지스무 해가량 지났다는데 집들은 조금만 손보면 살 수 있을 정도로 멀쩡하다. 빈집, 광에 놓인 항아리들도 성성하다. 괘종시계는 11시 15분에서 바늘을 멈추었다. 시계가 멈추고 난 뒤에도 시간은 또 얼마나

무심히 흘러갔던 것일까. 문간방의 낡은 재봉틀만 홀로 녹슬어 간다. 저 망가진 재봉틀처럼 흘러간 시간을 되돌릴 수는 없다. 사람도 생애도 되돌 길은 영영 없다.

이제 고개 하나를 더 넘으면 돈목, 성촌마을이다. 산 아래 모래밭과 바다는 청옥빛으로 푸르다. 이 섬에도 고운 최치원에 대한 설화가 전해진다. 우이도 상산봉에는 고운이 당나라 유학길에 신선과 바둑을 두었다는 설화가 그것이다. 이중환의 「택리지」는 당나라 유학길에 고운이 이 섬에 기항했다고 전한다.

신라 때부터 우이도는 중국으로 가는 항로상에 있었다. 「택리지」는 영암의 구림이나 월남마을을 출항한 배가 흑산 바다를 거쳐 순풍을 만나면 엿새 만에 당나라의 태주 영파부 정해현에 도착했다고도 하니 중국과의 최단거리 항로로 각광받았던 것이다. 장삿배를 타고 이 길로 유학을 떠났던 최치원과 김가기, 최승우 등은 모두 당나라의 과거에 급제했다.

골짜기의 끝에 서니 드넓은 모래 해변이 펼쳐진다. 저 아름다운 백사장의 끝에는 거대한 모래언덕이 있다. 어느 해 돈목마을 총각과 성촌마을 처녀가 사랑에 빠졌다. 둘은 사람들의 시선을 피해 산태(모래언덕) 그늘 아래에서 사랑을 나누곤 했다. 그러던 어느 날 총각이 나오지 않았다. 고기잡이배를 타고 나간 총각이 큰 파도에 목숨을 잃었다고 했다. 처녀는 슬픔을 못 이기고 바다에 뛰어들었다. 그 후 산태에는 애절한 이야기가 깃들었다. 죽은 총각은 바람이 되고, 처녀는 모래가 되어 매일 산태에서 만나고 있다는 것이다.

성촌마을의 80미터 높이의 모래언덕은 마치 사막의 일부 같다. 옹진 대청도의 모래 언덕만큼이나 거대하다. 이 섬 주민들은 오랜 세월 모래 언덕을 산태라 불러왔다. 그런데 어느 날 외지에서 들어온 학자들이 풍성사구라는 이름을 붙였다. 풍성사구란 바람에 의해 형성된 모래언덕을 말한다. 풍성사구보다는 산태란 말이 더 정겹지 않은가. 바람 불면 모래가 날리니 산태는 주민들에게 골칫거리였다. 그래서 골재로 팔릴 뻔도 했다. 하지만 이제는 산태를 보기 위해 관광객들이 우이도를 찾는다. 골칫거리가 보물이 된 것이다. 하지만 나그네는 성큼 산을 내려갈 수 없다. 나그네는 사막을 찾아왔는가. 또 다른 무엇을 찾아왔는가. 아무래도 길을 잘못 든 것은 아닐까. 내내 머뭇거리고 언덕에 서 있다.

섬마을
총각 선생님

/

동·서소우이도

우이도 신리에 기항했던 배가 동소우이도로 입항한다. 이 지역 사람들은 동리라 부른다. 면적 0.45제곱킬로미터에 불과한 작은 섬, 섬의 가장 높은 곳도 고작 87미터다. 지금은 6가구 10여 명의 노인들뿐이지만 전성기 때는 동리에만 200여 명의 사람이 살았던 적도 있었다. 민박집이나 구멍가게 하나 없다. 길에서 우연히 만난 할머니에게 통사정을 해 민박을 허락받았다. 할머니는 할아버지와 둘이서 산다. 전복 양식을 하다 소금 섬, 증도로 이주해 간 아들을 따라 가려고 '가대'를 내놓았다. 가대란 집과 집에 딸린 전답을 이르는 이 지역 말이다. 짐을 풀고 마을 뒷산을 오른다. 고개를 넘으니 외딴 해변에 낡은 집 한 채 오롯하다. 마당은 폐가처럼 어수선하지만 문들은 모두 새것 같다. 오래된 한옥을 개조한 집이다. 방문은 창호문이 아니라 판자문에 유리를 달았다. 초봄에 써 붙였던 것일까.

부엌문에는 입춘대길立春大吉, 건양다경建陽多慶 두 문장이 선연

하다. 누가 살기 위해 폐가를 수리하다 중단한 것일까. 그도 아니면 새로 고쳐 살다가 금방 떠난 것일까. 텃밭에는 매화나무와 비파나무 어린 묘목들이 풀속에 파묻혀 있다. 마룻장은 뜯어내다 말았고 마당에는 고기를 굽기 위해 불 지피던 흔적이 뚜렷하다. 가만히 방문을 열어본다. 집 안은 서까래와 파헤쳐진 구들장으로 어지럽다. 필경 누군가 살기 위해 집을 고치다 만 것 같다. 어떤 사정이 있어 일시 중단했거나 아주 마음을 바꿔 살기를 포기하고 돌아가 버린 것일까.

사립문을 나서면 작은 백사장이 안마당이다. 파도 소리는 꿈결처럼 가깝고도 멀다. 이 집에 잠시 살다 간 사람은 버려진 집과 바다 풍경에 반했던 것이리라. 외딴섬, 외딴집, 외롭고, 높고, 쓸쓸하고 고적한 삶을 꿈꾸었으리라. 하지만 꿈은 사라지고 집은 다시 폐허가 되어 간다.

동리, 섬은 산과 해변을 다 돌아도 한 시간이 채 걸리지 않는다. 건너 섬 서리는 더 작다. 할머니 댁으로 돌아오니 할아버지만 마당에 쪼그리고 앉아 해바라기 중이시다.

"꽃게잡이가 한창일 때는 배가 못 다닐 정도로 이 앞바다가 빽빽했더랬어. 그 담에는 새비(새우)잡이 배가 많았는데. 멀리 인천에서도 오고. 어장이 없어지니까 배가 귀해져. 이 건너 대니는 배도 귀해져."

노인은 거동이 불편해 집 밖으로 나서지 못하고 종일 마당과 방 안 만을 들락거린다.

"서리만 새비잡이하는 배가 대여섯 척 있고 멜잡이배도 있고. 여그 동리는 아주 없어. 옛날에는 이짝이나 저짝이나 어장으로 묵고 살았는디 인자 어장이 없어진께 심들어."

노인도 어장을 하기 위해 우이도 본섬에 살다 이 섬으로 이주해 왔지만 일손을 놓은 지 오래다. 동·서소우이도는 어장 때문에 생긴 마을이었으니 어장이 사라지자 마을도 쇠락해 버린 것이다. 떠드는 소리에 잠이 깬 것일까. 할머니가 방문을 열고 나오신다.

"암만 해도 옮겨야 쓸랑갑소. 해 줄 반찬이 없어서."

할머니는 재워 주기 어렵다고 하신다. 밥을 해 주는 것이 부담스러웠던 모양이다. 나야 한 끼쯤 굶어도 상관이 없지만 노인들 마음은 그 것이 아닐 것이다. 할아버지가 연신 미안하다며 할머니를 거든다. 대 책 없이 들이닥친 나그네가 오히려 면목이 없다. 할머니는 나그네에 게 교회 목사님 사는 사택을 찾아가라고 일러 준다. 그러마고 집을 나 선다. 나그네는 교회로 가지 않는다. 어차피 내일 아침 배로 서소우이 도로 갈 거라면 지금 건너는 편이 낫겠다 싶은 것이다. 그래, 이참에 바로 건너가자.

바닷가를 두리번거리는데 마침 가두리 양식장 근처에서 작업 중인 배가 한 척 있다. 새우잡이배다. 옳다! 배에서 작업 중인 선원들에게 서리로 가려는데 좀 건너 줄 수 없겠느냐고 소리쳐 묻는다. 선원 한 사 람이 선장실로 가는가 싶더니 알았다고 고개를 끄덕인다. 잠시 후 선 장이 선창머리에 배를 댄다. 배에서는 네 명의 선원이 잡아온 새우를 세척 중이다. 흰 젓새우들!

선생님 귀 먹는다 목소린 소곤소곤

어선이 서소우이도 선창에 접안한다. 이 섬도 그냥 서리라 부른다. 서리에는 벌써 새우와 멸치잡이 어장배 대여섯 척이 정박해 있다. 면 적 0.27제곱킬로미터인 서리는 동리의 절반쯤밖에 안 된다. 선창가에 서 주민들이 마른 멸치를 분류 중이다. 멸치는 크기에 따라 상품 가치 가 다르다. 멸치 작업에 온 식구들이 다 달라붙어 있다. 주인 여자는

그물에서 건져온 생멸치를 가마솥에 삶아 낸다. 크기는 동리보다 작지만, 사람은 서리가 많다. 그래봐야 일곱 가구 15, 16명의 주민들이 전부다. 물론 뭍에서 들어온 선원들도 있으니 전체 거주 인구는 그보다 더 많을 것이다.

마을을 둘러보니 교회와 초등학교 분교 건물이 먼저 눈에 들어온다. 이럴 때는 무조건 학교로 가는 것이다! 섬의 유일한 공공기관이 아닌가. 마침 선생님이 계시다. 교실에라도 재워 달라 하니 선뜻 허락한다. 2학년짜리 초등학생 1명이 전교생의 전부인 분교. 교실이 곧 교무실. 선생님은 총각 선생님.

선생님은 둥근 탁자에 학생과 마주 앉아 일대일 수업을 한다. 가정교사가 따로 없다. 신안 섬사람들은 대개 자녀들이 저학년일 때는 섬에서 학교를 보내고 고학년이 되면 목포로 유학을 보낸다. 지금 분교에 다니는 아이의 동생이 네 살이니 이 학교는 적어도 십 년 동안은 폐교될 염려가 없을 것이다. 급식은 따로 할 수 없어 교육청에서 아이의 집에 쌀을 지원해 준다.

선생님은 아직 군대도 갔다 오지 않은 새내기 선생님. 교대를 졸업하자마자 이 외딴섬으로 발령받았다. 선생님은 내년에 입대 예정이다. 어린 후배들을 상관으로 모시고 군 생활할 것이 벌써부터 걱정이다. 교실에는 선생님 책상과 칠판, 책꽂이, 컴퓨터 3대가 있다. 인터넷은 위성 인터넷이다. 놀라워라! 낙도까지 깔린 정보고속도로. 벽에 붙은 표어가 정겹다.

선 생 님 귀 먹 겠 다
목 소 린 소 곤 소 곤

아이 녀석 목청이 제법 좋은 모양이다. 섬마을 총각 선생님에게 저 녁까지 얻어먹는다. 배추김치와 김, 된장과 고추장이 전부인 소박한 식사지만 나그네에게는 성찬이다. 선생님은 관사로 들어가고 나그네 는 교실에 남았다. 서소우이도의 밤이 가뭇없이 깊어 간다.

교실 마룻바닥에서 단잠을 자고 일어났다. 선생님은 계란 프라이 하나를 넣은 토스트를 건넨다. 고마운 선생님이다. 아침 여덟시, 여객 선 섬사랑6호를 기다린다. 태풍이 북상 중이라는 풍문이 돈다. 내일부 터 태풍의 간접 영향권에 들면 이 바다에도 파도가 거세질 것이다. 선 창가에는 마을 주민 너덧 사람이 서성거리지만 정작 배를 타는 사람은 나그네 혼자다.

누구는 목포로 멸치와 새우젓을 부치고 또 누구는 선원에게 무얼 좀 사다 달라고 부탁한다. 건너 우이도에 보낼 서류 봉투를 들고 나온 사 람도 있다. 어제 동리에서 얻어 타고 온 새우잡이배 태성호에는 선원 한 사람만이 나와 있다. 화부. 주민들이 화부에게 건네는 인사는 동일 하다.

"몇 개 했능가?"

"세 개 했어라우."

　그도 아니면 말없이 손가락 세 개를 펴 보인다. 새우를 세 상자 잡았다는 소리다. 야간 어로로 고단하지만 배에서 가장 서열이 낮아 밥 짓기까지 해야 하는 화부는 먼저 일어나 아침밥을 짓는다. 쌀을 씻는 화부의 팔뚝에 문신 자국이 선명하다.

　"태풍 온다네. 반짝 날 좋은가 했더니 기어지 태풍이 오능 구마이."
　"들어오겠다는 걸 말겠소. 월욜날 나가야 쓴단디 어럽지라. 딴 데로 가라 했소."
　"바람 분다면 들어오지 말아야제."

　토요일, 주말에 낚시꾼들이 섬에 오려 했던 모양이다. 내일 태풍이 오든 말든 오늘은 배가 뜬다. 선원은 내일 배가 뜨는데 문제가 없다고 장담한다. 누구 말을 안 믿을 수도 없고 누구 말을 온전히 믿을 수도 없다. 주민들은 섬 날씨의 전문가. 선원들은 뱃길의 전문가.

4부

공주와 대통령

공주의 섬

하의도는 김대중 전 대통령의 고향 섬이다. 옛날에는 공주의 섬이 기도 했다. 하지만 하의도는 삼백 년간 토지 반환 운동에서 승리한 농민운동사의 기념비적인 땅이기도 하다. 삼백삼십 년의 기나긴 싸움은 공주로부터 비롯됐다. 정명공주(1603~1685). 하의3도 주민들은 공주에게 빼앗긴 땅을 되찾기 위해 삼백 년을 싸웠다. 세계적으로도 유례가 없는 농민항쟁이었다. 정명공주는 선조의 정실에게서 난 첫째 딸이자 인조의 고모다. 또 광해군에게 폐비된 인목대비의 딸이자 광해군에게 죽임을 당한 영창대군의 누이다. 인목대비가 서궁으로 폐출됐을 때 함께 감금 생활을 했다. 광해군이 폐위된 뒤 삼촌의 왕위를 찬탈한 인조에 의해 다시 공주로 복권됐다.

인목대비 사후에 궁중에서 비단에 글이 쓰인 백서帛書 세 폭이 발견됐는데 임금(인조)을 폐하고 다시 세우자는 내용이었다. 정명공주는 이 백서의 배후로 의심받고 곤경에 처했으나 인조반정의 공신인 장유, 최명길 등의 구명으로 위기를 넘겼다. 인조 사후 효종, 현종, 숙종 3대 동안은 왕실의 어른으로서 최고의 대접을 받고 살았다. 정명공주는 동지중추부사 홍영의 아들 홍주원과 결혼했는데 숙종 때의 이조참판 홍석보洪錫輔는 그녀의 증손이다. 사도세자의 비 혜경궁 홍씨와 홍봉한, 홍인한, 원빈 홍씨 등은 모두 그의 후손들이었다. 「경국대전」에 따르면, 공주의 집이 50간을 넘지 못하게 하고 있지만, 정명공주의 집은 200간이 넘었고 경상도에만 8,076결(1결은 1헥타르)의 넓은 땅을 하사 받는 등 최고의 호사를 누렸다 한다. 그런 정명공주에게 인조는 하의3도 농민들의 농토까지 하사했다.

선사시대부터 고려시대 말까지 한국의 섬들에는 주민들이 살았지만, 고려 말 왜구들의 침략이 극심해지자 국가에서는 공도정책을 실시했고 섬은 무인지경이 됐다. 국법으로 금하니 섬에서 사는 것 자체가 죄가 되었다. 섬과 바다를 포기했던 조선 왕조가 임진왜란을 전후해 섬의 중요성을 재인식하고 다시 주민 거주를 허락했다. 그래서 현재 대부분 섬들에 사람이 다시 살게 된 것은 삼사백 년에 불과하다. 공도정책 이전 수천 년 이어온 섬살이의 역사는 흔적도 없어지고 말았다. 그래서 황폐화된 섬에 들어간 사람들은 다시 황무지를 개간하고 갯벌을 간척해 농사지을 땅을 만들었다. 국법에도 미개간지는 개간한 사람의 소유권을 인정했다.

삼백삼십 년간의 투쟁

하의3도(하의도, 상태도, 하태도) 역시 임진왜란 직후 내륙에서 이주한 주민들이 황무지를 개간하고 갯벌을 간척해 농토를 만들었다. 그러나 국왕은 주민들이 개간한 땅을 왕실 종친들을 위해 강탈해 버렸다. 1623년, 인조는 하의3도의 개간된 땅 24결을 정명공주에게 하사했다. 물론 조건부였다. 인조는 정명공주의 4대손까지만 세미稅米를 받도록 하고, 그 후에는 농민들에게 농토를 돌려주도록 한 것이다. 이는 인조가 정명공주에게 하의3도의 농토에 대한 소유권을 준 것이 아니라 수조권 즉 조세를 거둘 수 있는 권리를 주었다는 것을 뜻한다. 하지만 정명공주의 4대손이 사망한 이후에도 홍씨 가문은 하의도 주민들에게 농토를 돌려주지 않았다. 그뿐만이 아니었다. 홍씨 가문은 하의3도 주민들이 나중에 새로 개간한 땅마저 빼앗아 갔다. 공주의 5대손 홍상한은 섬 주민들이 새로 개간한 땅 140결에 대해서까지 권리를 주장해 결세를 거두어 갔다.

결국 농민들은 국가와 홍씨 집안 양쪽에 이중으로 세금을 바쳐야 했다. 일토양세一土兩稅였다. 수탈이 극에 달하니 저항은 거셀 수밖에 없었다. 자신들이 새로 개간한 땅마저 빼앗긴 농민들은 다시 땅을 되찾기 위해 대를 이어 가며 싸웠다. 하지만 권세를 지닌 홍씨 가문에 번번이 패했다. 구한말 하의3도의 땅은 홍씨 가문에서 내장원으로, 내장원에서 다시 홍씨 집안으로, 또 일본인 우근권좌위문右近勸左衛門에게, 다시 덕전미칠德田彌七에게로 넘어갔다. 하의3도 주민들은 도세

납부 거부와 각종 소송, 농민조합운동 등을 통해 끊임없이 저항하고 투쟁했다. 그러나 1956년에야 비로소 농토를 되찾을 수 있었다. 물경 삼백삼십여 년에 걸친 투쟁의 승리였다.

신안군 하의도는 유인도 9개, 무인도 47개로 구성된 하의면의 어미 섬이다. 면적 14.46제곱킬로미터, 해안선 길이 32킬로미터다. 백과사전이나 하의도 안내책자 등에는 하의도가 연화부수형의 지형인데 연꽃으로 만든 옷 모양이라 하의도라 했다는 설명이 있다. 하지만 하의도荷衣島의 옛 이름은 고이도 혹은 고의도였다. 장보고 선단의 도움으로 당나라를 다녀왔던 일본 헤이안 시대의 승려 엔닌(圓仁, 794~864)의 '입당구법순례행기'에는 고이도高移島로, 「삼국사기」 효공왕(?~912년) 3년 조에는 고이도皐夷島도로 나온다. 「고려사」 권1 건화 4년(914) 조에는 고의도皐衣島로 표기되어 있다. 또 조선왕조실록 세종 30년 8월 27일 기사에는 하의도河衣島로 나온다. 그러므로 연화부수형이라 하의도라 했다는 지명 유래는 별 근거가 없다. 고이도에서 고의도, 고의도에서 또 하의도로 표기가 변해 온 것이다.

큰바위얼굴

요즘 하의도를 찾는 사람들이 김대중 전 대통령 생가와 함께 꼭 찾아가는 곳이 있다. 큰바위얼굴이다. 어은리 앞 무인도인 죽도의 형상이 마치 사람 얼굴처럼 보인다 해서 붙여진 이름이다. 미국 사우스다

코타 주의 블랙힐에 있는 러시모어 산의 거대한 암벽에는 워싱턴, 링컨 등 전직 대통령을 비롯한 위인들의 얼굴이 조각되어 있는데 사람들은 이를 큰바위얼굴이라 부른다. 하의도의 큰바위얼굴에서 사람들은 당연히 이 고장 출신인 김대중 전 대통령의 얼굴을 떠올린다. 하지만 원래 죽도의 바위는 사자바위라 불렸다. 전설은 이렇다.

옛날 옛적 어은리 피섬마을 뒷산에 고승 한 분이 암자를 짓고 큰 수사자를 키우며 수도 생활을 했다. 그런데 피섬마을에는 큰 호랑이가 자주 출몰해 사람과 가축들을 해쳤다. 피섬마을 사람들은 고승에게 도움을 청했다. 고승은 수사자와 함께 호랑이 사냥에 나서 호랑이를 사로잡았다. 고승은 호랑이를 마을 앞산의 석굴에 가두어 버렸다. 하지만 애석하게도 고승은 호랑이 사냥 중에 큰 부상을 입어 중태에 빠졌고 수사자도 심하게 상처를 입었다. 마을 사람들의 소생 기원에도 불구하고 고승은 십팔 일 만에 운명했고, 수사자는 슬픔을 이기지 못해 울부짖다 죽었다고 한다. 마을 사람들은 하늘의 계시를 받고 죽도에 고승과 수사자의 주검을 묻었다. 이후 죽도는 점차 갈기 무성한 사자가 웅크리고 있는 형상으로 변했고, 주민들은 이를 사자바위라 부르게 됐다. 또 호랑이를 가두었던 바위는 범바위라 불렸다. 그런데 어느 해부터인가 사자 형상을 한 바위는 점차 사람의 얼굴로 변해 갔다. 사람들은 그것이 하의도에 큰 인물이 날 징조라고 여겼다. 사자바위는 큰바위얼굴로 이름이 바뀌게 됐다.

"대중이는 고향에 암것도 안 해 줬어"

하의도 2

한없이 쓸쓸한 대통령 생가

'큰바위얼굴' 김대중 전 대통령이 그의 고향 하의도를 마지막으로 방문한 것은 2009년 4월이었다. 그해 5월 23일, 노무현 전 대통령이 서거했고 "내 몸의 반이 무너진 것 같은 심정"이라고 상실감을 토로했던 김대중 전 대통령도 뒤를 따랐다. 같은 해 8월 18일이었다. 마지막 고향 방문길에 김대중 전 대통령은 "다섯 번의 죽을 고비를 넘고, 육 년 반의 감옥살이를 했으며, 스무여 해 동안 연금과 감시 속에 살았고, 삼 년 반의 망명 생활도 했지만 하의3도 농민들이 지닌 불굴의 정신으로 끝까지 투쟁했다"고 토로한 바 있다. 그는 또 "행동하지 않는 양심은 악의 편이고, 방관하는 것도 악의 편이다. 다시 민주주의에 위기가 왔다. 방관하지 말고 민주주의를 지켜 나가자"고 다짐했다. 하지만 그는 끝내 이승을 하직하였고 민주주의를 지키자는 말은 유언이 되고 말았다.

212
—
213

김대중은 1924년 1월 6일 하의도 후광리에서 아버지 김운식과 어머니 장수금 사이에서 태어났다. 어머니는 둘째 부인이었고 김대중은 서자였다. 아버지 김운식은 첫째 부인과 1남 3녀를, 둘째 부인과는 3남 1녀를 두었다. 김대중은 어머니가 낳은 첫째 아들이었지만, 아버지에게는 차남이었다. 어머니는 본가에 들어가지 않고 후광리에서 따로 살았다. 어머니 집이 있는 후광리는 간척지였다. 어머니는 간척으로 생긴 염전 일꾼들에게 밥을 해 주는 함바집을 하고 막걸리도 팔면서 생계를 꾸렸다. 김대중은 유학자 초암草菴 김연金鍊이 세운 덕봉강당이란 서당에서 공부를 했고, 4년제 초등학교가 생기자 서당 공부 학력을 인정받아 2학년으로 편입학 한 뒤 4년 과정을 마쳤다. 이후 김대중은 목포로 유학을 떠났다. 당시 섬에서 뭍으로의 유학이란 지금의 외국 유학만큼이나 어려운 일이었다. 어머니는 목포로 나가 김대중의 공부를 뒷바라지했다.

하의도 후광리 김대중 전 대통령 생가는 오늘도 고적하다. 내가 늘 방문자가 적을 때만 찾아오는 걸까. 몇 번을 찾아왔지만 올 때마다 쓸쓸하다. 추모각에 들어서 헌향하고 절을 올린다. 절을 하는데 나도 모르게 눈물이 흐른다. 살아생전 그를 만난 적도 없고 그를 특별히 존경하지도 않았다. 그런데 알 수 없는 슬픔은 무얼까. 이 쓸쓸함은 또 무얼까. 그에게 빚지지 않은 한국인이 있을까. 이 나라의 대통령까지 지낸 그를 아직도 빨갱이라고 저주하는 이들마저도 그의 삶과 투쟁 덕에 그렇게 대통령까지 욕할 자유를 누리는 것이다.

정치는 예술이다

추모관에는 그의 생애 사진들이 걸려 있다. 1981년 청주교도소에서 쇠창살을 사이에 두고 아내와 두 아들을 면회하는 그의 등은 한껏 굽었다. 또 다른 사진은 삭발을 당하고 감옥에서 책을 읽고 있는 모습이다. 그는 1973년 박정희 군사정권의 중앙정보부에 의해 동경에서 납치돼 죽음의 문턱까지 갔다가 생환했다. 동경 납치 사건 직후 기자회견을 하는 그의 얼굴은 온통 상처투성이다. 눈빛은 아직도 생사를 헤매는 듯 허공을 맴돈다. 그곳이 저승인지 이승인지 가물거렸던 것일까.

추모관에는 '김대중 대통령 서거 4주기 추모제'를 추모하는 꽃들이 몇 개 놓여 있으나 중앙정부에서 보낸 꽃은 어디에도 없다. 전남지사와 신안군수, 그리고 고양시장이 보낸 꽃들이 보인다. 그는 이 나라의 대통령이 아니었던 것일까. 서글픈 일이다. 그는 그를 박해하고 탄압했던 이들을 용서하고 화해하려 했다. 그의 화해는 실패했고 그의 용서는 헛되었던 것일까. 1987년 5·18 묘지를 방문하고 오열하는 그의 사진은 가슴을 시리게 한다. 전두환 군사정권의 사형을 선고받았다 풀려나 미국 망명길에 앞서 썼던 그의 글은 마치 상여 소리처럼 처연하다.

"이제 가면 언제 올까

기약 없는 길이지만

반드시 돌아오리

새벽처럼 돌아오리

돌아와 종을 치리

자유종을 치리라"

　— 1982. 12. 23 미국 망명길에 앞서.

정치가 예술이라던 김대중. 그는 감옥에서 이렇게 썼다.

"진정한 정치가 할 일은 억압받는 자와 가난한 자의 권리와 생활을 보장하고 그들을 정치의 주체로 참여케 하는 것이다. 그러나 이러한 과정에서 억압하던 자와 빼앗던 자들도 그들의 죄로부터 해방시켜서 대열에 참여케 해야 한다. 그 점에서 정치는 예술이 된다."

「김대중 옥중서신」 중에서.

그의 예술 활동은 성공적이었을까. 나는 장담하지 못하겠다. 그의 정치는 결코 성공적이었다고 보이지 않기 때문이다. 일제 잔재를 청산하지 못하고 군부독재 정권하에서 인권을 억압하고 민주주의를 말살하는 데 복무한 이들의 진심어린 반성이나 사과도 받아내지 않고 그들을 용서한 것이 과연 진정한 화해였을까. 그도 그것을 모르지는 않았을 것이다. 그래서 그는 이렇게 말했는지도 모르겠다.

"역사는 우리에게 진실만을 말하지 않는다. 그러나 역사는 시간 앞에 무릎을 꿇는다. 시간이 지나면 역사의 진실을 알게 될 것이다."

그런데 대체 더 얼마나 많은 시간이 지나야 역사의 진실이 드러날까. 그래도 또 가야 하는가. 이 끝없는 길을. 그는 또 우리의 등을 떠민다. 그가 역사의 손에 등이 떠밀렸던 것처럼. 이미 역사가 된 그는 또 우리를 다독인다.

"우리는 아무리 강해도 약합니다. 두렵다고 겁이 난다고 주저앉아만 있으면 아무것도 변화시킬 수 없습니다. 두렵지 않기 때문에 나서는 것이 아닙니다. 두렵지만 나서야 하기 때문에 나서는 것입니다. 그것이 참된 용기입니다."

"대통령 나면 머하냐고 다들 그라요"

김대중 전 대통령 생가를 나와 면소재지가 있는 곰실(웅곡)마을을 향해 걷는다. 염전 길을 지나니 종남리마을 어귀에 할머니 한 분 앉아 잠시 쉬고 계시다.

"지심(풀) 매고 오요. 독새풀이 징해라우. 쪼금 매다 오요. 녹두밭도 매고 오요."
할머니는 밭을 매고 집에 돌아가는 길이다.
"팔십넛이나 되요. 아들이 하지 마라 하면 오냐 안 할란다 해 놓고

하요. 가만 앉아 있어 머하것소. 용돈도 벌고 좋제."

"할머니, 김대중 대통령이 하의도에 무엇 좀 해 주고 갔습니까?"

"다른 디는 대통령 나면 동네가 번들번들한디 대중이는 암것도 안
해 줬어라우. 그라니 욕 안 하것소. 대통령 나면 머하냐고 다들 그라
요."

할머니뿐만 아니라 하의도에서 만난 사람들은 대체로 김대중 전 대
통령에 대한 섭섭함을 토로한다. 자신이 태어난 고향이라고 특혜를
주지 않았던 그의 지나친 염결성이 고향 사람들을 섭섭하게 했던 모양
이다.

할머니는 하의도에서 태어나 하의도로 시집와 평생을 살았다. 영감
님은 앞서 가셨다. 밭 위에다 묘를 썼다. 할머니가 유모차 같은 것에
의지해 가면서까지 굳이 밭을 매러 다니는 것은 혹 영감님 생각이 나
서는 아닐까. 할머니는 평생을 농사만 짓고 살았다. 밭 아홉 마지기와
논 몇 마지기를 혼자 손으로 다 일구었으니 고생도 그런 고생이 또 있
었을까. 아들 셋 딸 넷을 낳고 키웠지만 넷은 어미 먼저 이승을 떠 버
렸다.

"내가 죄가 많아서 그란가. 명이 고뿐밖에 안 되서 그란가."

셋째 딸은 딸 하나를 낳아 키우다 가 버렸다.

"은이야 금이야 하다가 다 못 키 놓고 죽었다우."

손녀를 키우고 혼자 사는 사위가 안쓰럽다.

"죽었으면 내가 죽었어야 될 거 아니우. 그라면 머가 부럽겠소. 자식들 앞세우지 않는 사람이 젤 부럽소."

할머니는 끝내 눈물을 흘리신다. 할머니는 다시 유모차에 의지해 마을 안길로 접어든다.

"건강하세요, 할머니."

할머니도 인사말을 건넨다.

"어차튼지 건강하게 사시오."

느릿느릿 가다 쉬다 가다 쉬다 할머니의 걸음은 달팽이보다 느리다. 저러다 해 넘어가기 전에 집에 들어가실 수나 있으려나.

"장어가 뱀하고 똑같아!"

/
장산도 1

우리는 모두가 외계인

목포항을 떠난 여객선이 시아바다를 건넌다. 하늘도 바다도 온통 잿빛이다. 안좌, 자라, 옥도, 장산 등의 섬을 거처 하의까지 가는 여객선. 여객들 대다수는 섬 주민들이거나 업무상 잠깐 섬을 방문하는 이들이다. 여행자는 내가 유일한 듯하다. 붉은 원피스를 입은 계집아이는 하의도에 가는 길이다. 민지는 열 살, 하의초등학교 3학년. 아이는 한껏 수줍음을 탄다. 여객들은 다들 방바닥에 누웠다. 짧은 잠을 청하기도 하고 뒤척이기도 한다. 앉아 있는 이들은 긴 이야기를 나눈다. 섬에서 섬으로 가는 길은 마치 이 별에서 저 별로의 행성 간 여행처럼 아득하다.

몇 해 전 통영의 사진가 친구는 '별 하나 떨어져 섬이 되다'란 제목으로 전시회를 가졌다. 별 하나 떨어져 섬만 됐으랴. 떨어진 별 부스러기들이 뭉쳐 태양도 되고 지구도 되고 사람도 됐으니 우리 또한 머나

먼 외계에서 찾아온 외계인이다. 또 외계 어느 별의 존재들에게도 우리는 외계인이다. 우리가 이미 외계인인데 어디서 또 외계인을 찾아 헤맬 것인가. 우리네 삶은 유한하고 비루하다. 그러니 어느 외계의 외계인이라고 무엇이 다르랴. 그러므로 우리네 삶이 아무리 비루하다 할지라도 다른 별들을 찾아 헤매지는 말자. 우리가 이미 별인 것을. 별들도 슬프다. 별들도 애달프다. 별들도 갈 곳 몰라 헤맨다. 그래서 더러 길 잃은 별들이 눈먼 나에게 길을 묻고 간다.

목포발 장산도행 여객선은 북강과 축강 두 개의 항로가 있다. 한 배는 축강을 거쳐 하의도로 가고, 북강을 거친 배는 신의도까지 간다. 나그네는 장산도 축강항에 내린다. 축강 선착장에 노인들도 우르르 내린다. 선착장에는 버스가 대기하고 있다. 예순다섯 살 이상 노인들에게는 무료인 고마운 버스다. 신안군에서는 섬마다 개별 사업자들이 운영하던 시내버스 회사를 모두 사들인 뒤 직접 운영한다. 공영버스로 만든 것이다. 사업자들이 운영할 때는 이익이 나지 않는 노선은 버스가 다니지 않거나 배차 간격도 길어서 주민들의 이용이 불편했다. 이익을 생각하고 회사를 운영하는 버스니 어쩔 수 없는 노릇이었다. 무엇보다 자동차가 없는 노인들의 불편이 가장 컸다. 하지만 공영버스가 된 뒤에 버스는 주민들의 손발이 됐다. 버스 공영제, 참으로 고마운 정책이다. 나그네도 버스를 탄다. 목포에 다녀오는 노인의 손에는 동태 몇 마리가 들렸다.

"명태는 말려서 쩌 먹어야 맛있어."

  섬이지만 어업보다는 농사가 주업이다 보니 생선이 귀하다. 그래서
주민들은 대부분 목포 나들이 길에 생선을 사다 먹는다. 물산이 많이
모이는 목포가 생선도 흔하고 값도 싸다. 한국의 바다에서는 더 이상
명태 구경하기가 하늘의 별따기지만 '국민 생선'이던 시절의 명태 맛
을 잊지 못하는 노인들에게 명태는 여전히 국민 생선이다.

  "명태는 다 양념 맛이제."

  버스에 탄 노인들은 제각기 명태를 맛있게 먹는 비법을 놓고 난상토
론을 벌인다.

백제 해상 세력의 거점

장산도 축강에서 4킬로미터쯤 들어간 내륙에 장산면 소재지가 있다. 오늘 면소재지인 도창리는 한산하기 그지없다. 과거 도창리에는 세곡창고가 있었다. 그래서 이름에 창고가 들어간 것이다. 그 시절에는 마을이 제법 부산스러웠을 것이다. 세곡창고가 있었다는 것은 지금은 내륙인 도창리가 예전에는 바닷가였다는 뜻이다. 세곡선을 비롯한 배들이 드나드는 포구가 있었을 것이다. 하지만 간척으로 들판이 된 도창리에는 더 이상 포구의 흔적이 눈꼽만큼도 남아 있지 않다.

도창리의 명물은 노거수림이다. 노거수림은 창고를 숨기기 위해 조성된 위장 숲, 은폐림이었다고 한다. 노거수림은 은폐림인 동시에 북서풍을 막아 주는 마을의 방풍림이나 우실숲을 겸했을 가능성이 크다. 어쩌면 도적들의 침입이라는 재앙으로부터 창고를 은폐시켜 줄 현실적 기능과 함께 주술적 기능도 했을 것이다. 현재 남아 있는 노거수는 모두 101그루. 소나무, 팽나무, 가죽나무 거목들이 늠연하게 우뚝 서서 마을을 지키고 있다.

이 섬 또한 고려 말 왜구의 창궐로 공도가 됐다가 조선 세종 이후에야 다시 입주가 허가됐다. 장산도에는 백제 고분을 비롯해 백제시대의 유물이 많이 전해진다. 도창리 장산 중학교 뒷산 아미산(배미산) 남쪽 기슭에는 백제시대의 석실 고분이 남아 있다. 1966년 발견됐는데 그때는 이미 돌로 만든 관 안의 부장품들은 모두 도굴이 된 뒤였다. 백제시대에는 이 섬에 현이 설치되었으니 많은 사람이 살았을 것이다. 작은 섬에 대형 고분이 있다는 것은 이 섬에 큰 세력을 가진 권력자가 있었다는 뜻이다. 장산도가 해상 세력의 거점이었던 것이다.

대성산성 또한 백제시대에 처음 축성된 것이다. 도창리에서 대리마을 장산초등학교를 조금 지나면 대성산 등산로 입구가 시작된다. 대성산을 오른다. 대성산 산정에 위치한 산성까지는 2킬로미터 남짓. 현재는 산성의 일부만 남아 있는데 백제시대의 것은 아니고 후대에 새로 쌓은 것이다. 하지만 성곽의 주춧돌은 그 옛날 이 섬에 살던 백제 사람들의 손을 거친 것일 게다. 정교하게 잘라진 돌들에는 푸른 이끼들이 시간의 흔적을 뒤덮고 있다. 저 돌들에는 문자가 기록되어 있지 않지만 그 자체로 역사다. 돌로 기록된 섬의 역사. 고분들이나 산성은 해양 왕국이었던 백제가 섬들을 주요 거점으로 삼았다는 증거다. 국내 관광객도 잘 찾지 않는 섬 장산도에 가끔씩 일본인 단체 관광객들이 몰려오곤 하는 것도 백제시대 유적 때문이다.

고려 때까지 안편도라 불렸던 장산도 대성산성은 또 임진왜란 당시 이순신 장군이 셋째 아들인 '면'의 부음을 들었던 장소이기도 하다. 이순신은 그날의 애통한 심정을 일기로 남겼다. "내가 죽고 네가 사는 것이 이치에 마땅하거늘 네가 죽고 내가 살았으니 이런 잘못된 일이 어디 있느냐." (1897년 10월 14일 일기) 장군의 비통한 통곡 소리가 아직도 들리는 듯하다.

낚시나 그물 없이도 물고기를 잡던 시절

장산도는 섬이지만 어민이 많지 않다. 축강 선착장, 장산도에서 최고로 많은 물고기를 잡는다는 어부를 만났다. 최점기 옹(75세). 마을 사람들은 그가 낚시로는 신안군에서 1등이라고 치켜세운다. 노인은 낚시로만 '괴기'를 잡은 지 마흔 해가 넘었다. 남도 섬 지역에서는 바닷고기를 흔히 '괴기'라고 부른다. 육상의 고기들에는 돼지나 소, 닭 등을 앞에 붙여 부르지만 바닷고기는 그냥 '괴기'다. 그러니 섬에서 괴기라고 하면 바닷고기를 뜻한다. 오음리마을이 고향인 노인은 여객선 대리점도 하고 농사도 짓는 틈틈이 어로를 해 왔지만, 지금은 오로지 '괴기'만 잡는다. 3월부터 가을까지는 주로 농어를 잡고 가을 들면서는 감생이(감성돔)잡이가 주력이다. 장어는 주로 6월부터 11월 사이에 잡는다. 물론 그때그때 다양한 어종의 물고기가 낚시에 걸려들곤 하지만 주력은 농어와 감생이, 장어 등이다. 감생이도 봄부터 잡히지만 여름 한 달은 뜸했다가 가을이 돼야 본격적으로 잡힌다.

장산 수로는 북상하는 물고기들의 통로다. 먹이 활동이나 산란을 위해 여름에 서해 북단으로 올라갔던 물고기들이 가을이면 되돌아 내려오는데 살을 찌우고 몸집을 불려 내려올 때를 기다렸다가 잡는 것이다. 감생이뿐만 아니라 대부분의 물고기들이 날씨가 추워지면 남쪽으로 내려온다. 농어나 감생이 같은 회유성 물고기와 달리 붙박이인 장어도 겨울이면 월동에 들어간다. 장산도 근해의 깊은 바닷속으로 들어가 한데 뭉쳐서 월동을 한다.

"장어 그게 뱀하고 똑같아. 한구덩이 뭉쳐서 겨울을 나. 그래서 구

덩이만 찾으면 겨울에도 많이 잡아."

야행성인 바닷장어(아나고)는 밤낚시로 잡는다. 갯장어(하모)는 성질
이 사납기로 유명하다.

"하모가 손을 물면 똑 잘라져 버려."

농어는 15킬로그램, 민어는 10킬로그램짜리까지, 대물들도 잡아
봤다. 장어는 보통 하루 저녁에 20킬로그램까지 낚는다. 혼자 낚시로
는 상당한 어획량이다. 장어는 주로 말려서 판다.

"마른 장어 구워서 기름장에 찍어 묵으면 얼마나 맛난지 몰라."

내륙 사람들은 바닷장어 맛을 잘 모른다. 하지만 해안이나 섬 지방
사람들은 장어를 최고의 물고기로 친다. 그러니 장어 요리도 발달했
다. 장어탕은 호박이 나오는 철인 7월에 생 장어를 호박이랑 끓이면
그 맛이 최고다.

최점기 옹은 태어나 쭉 장산에만 살았다.

"옛날에는 이 앞바다에 부서가 엄청 많았어. 바다가 시끄러워서 지나
다니질 못했다니까. 그때는 이 가에서도 농어를 엄청 낚았지. 부서 우
는 게 깨구리하고 똑같아. 여지없이 깨구리야."

어선의 기계 소리를 죽이고 바다에 섰으면 시끄러울 정도였다. 부
서도 민어나 조기처럼 그 우는 소리를 듣고 그 자리에 그물을 쳤다. 숭
어는 또 얼마나 흔했던가. 숭어는 툭툭 튀어 오르는 것이 주특기다. 지

금이야 낚시나 그물로 잡아도 많이 안 잡히지만 그 시절에는 낚시나 그물조차 필요 없었다. 볏짚으로 만든 '꺼적'을 배 뒤에 매달아 끌고 다니면 숭어들이 알아서 튀어 올랐다. 그걸 주어 담기만 하면 됐다. 전설 같은 이야기다. 하지만 그 많던 물고기들이 거짓말처럼 한순간에 사라지고 말았다. 어업 기술의 발달과 남획 탓이었다. 기술의 축복이 바다에는 재앙이었던 것이다.

슬픔도
가락을 타면
흥이 된다

/

장산도 2

장산도의 큰 무당

"슬픔도 가락을 타면 흥이 된다."

나그네가 쓴 가장 짧은 시 '노래'의 전문이다. 슬픔뿐이랴, 고통도, 아픔도 가락을 타면 흥이 된다. 노래가 없었다면 그 흥이 없다면, 사람들이 어떻게 이 견뎌야 하는 땅 사바세계를 건널 수 있었겠는가. 노래야말로 사람들에게 가장 큰 위로를 주는 예술이다. 섬사람들도 노래를 부르며 섬살이의 고통을 견디고 살아남았다.

장산도가 세상에 이름을 알린 것은 들노래를 통해서였다. 도창리에 장산도 들노래 전수관이 있는 것은 그 때문이다. 섬에서만 전승되다 묻혀 질 뻔한 장산도 들노래를 세상으로 내보인 것은 들노래 기능보유자인 강부자(77

세) 선생이다. 하지만 강부자 선생을 노래꾼으로 발굴한 사람은 그녀의 남편 이귀인(87세) 선생이다. 이귀인 선생은 장산도의 큰 무당이다. 남쪽 지방의 무당은 집안 대대로 내려오는 세습무다. 한국의 무속은 한강 이북은 강신무, 한강 이남은 세습무다.

무巫의 특성은 엑시터시Ecstasy, 트랜스trans, 포제션possession 이다. 엑시터시는 탈혼, 즉 영혼의 타계 여행이다. 트랜스는 의식 변화의 첫 단계로 단순 변환 상태다. 트랜스를 통해 두 번째 단계인 엑시터시나 포제션 상태로 발전한다. 포제션은 빙의다. 엑시터시 타입은 시베리아, 포제션 타입은 주로 남아시아, 아프리카, 북아메리카 등지에 분포한다. 한국의 강신무는 포제션 타입이다.

한국의 무巫는 무당형, 단골형, 심방형, 명두형 등으로 나뉜다. 강신 즉 신 내림을 통해 무가 된 무당, 박수(남무)가 이에 해당하는데 가무로 굿을 주관할 수 있고 영적 능력을 가지고 점을 친다. 주로 자연신(천신, 일월성신, 옥황상제, 용신 등)의 강신에 의해 영력이 주어진다. 단골은 혈통을 따라 이어진 세습무다. 단골판이라는 일정한 관할구역을 가진다. 성당이 관할구역을 갖는 것과 흡사하다. 단골은 반드시 신의 하강로인 신간을 갖추고 신의 메시지를 받는다. 어떤 신을 모신다는 구체적인 신관이 희박하다.

제주 지역의 무인 심방은 세습무지만 신관이 뚜렷하고 영적인 능력을 중요시한다. 신이 직접 몸에 강림하지 않는 것이 무당과는 다른 점이다. 심방은 매개물을 통해 신의 뜻을 전달한다. 심방은 강신무와 세습무의 중간형이다. 명두는 인간 사령死靈의 강신을 통해 무가 된다. 주로 일곱 살 미만의 아이 영혼이 깃든다. 자신의 신단에 모셔 두고 필요할 때마다 불러내 영계나 미래를 탐지시켜 점을 친다.

이귀인 선생이 세습무인 단골이 된 것은 8대조 할아버지가 흑산도로 유배를 갔기 때문이었다. 8대조는 먹고 살기 위해 단골의 딸에게 장가를 들었다. 이때부터 이씨 집안은 단골로 활동했다. 5대 할아버지가 장산도로 이사를 왔고 그것이 이귀인 선생이 장산도를 단골판으로 갖는 단골이 된 이유다.

"사람이 죽으면 근본적으로 좋은 곳으로 갈라 하고, 죽으면 땅에 묻기 전에 씻김을 해요. 그날 못 하면 날 받아 씻김을 해요."

현역 시절 이귀인 선생의 씻김굿은 이랬다.

"사람이 죽으면 상가에서 소청을 해요. 가문에서 소청을 하면 신원을 해 달라고 하면 가서 해 줘. 죽은 사람 원한을 풀어 주고 혼을 달래 주는 거지. 물에서 죽으면 용왕굿을 하는데, 혼을 건진 곳에서 씻김을 해. 혼을 가져가서 씻김을 하기도 하고. 극락세계로 천도하는 거지."

먼저 시작하는 굿인 초가망석을 한 다음 중굿(승려굿)을 하고 고풀이를 한다. 다음은 넋 올리고 씻기고, 좋은 데로 가라고 질(길) 닦기를 해 주고 마지막으로 해원굿을 하며 끝냈다. 원을 다 풀고 극락으로 천도하라는 뜻에서다. 초가망석은 사자의 넋을 초청하는 의식이다. 고풀

이는 무당이 무가를 부르며 망자의 맺힌 고를 풀며 우환근심 없이 저
승으로 갈 수 있기를 기원하는 굿거리다. '고'는 기다란 천이나 줄을
둥글게 매듭지은 것이다. 무당은 고 끝을 쥐고 무가를 부르면서 하나
하나 풀어나간다. 둥근 매듭은 이승에서 풀지 못한 한의 표시다. 한이
맺혀 있으면 이승을 떠나 저승에 갈 수 없다. 그래서 그것을 하나하나
풀며 원혼을 달래는 것이다.

이귀인 선생은 육십 대 후반까지 씻김굿을 하다가 은퇴를 했으니 굿
을 그만둔 지도 벌써 스무 해가 넘었다.

"옛날엔 죽으면 으레 씻김을 했어요. 못 하면 날 받아서 하고."

무당 일을 한 것에 후회는 없을까.

"당연히 할 일을 한 거지. 부모 직업 이어받는 것이 근본 아닙니까. 잘했다고 봐요."

지금은 조카인 김금순(72세) 씨가 무업을 이어받아 씻김굿을 한다.

가난한 농부, 들노래 전수자

이귀인 선생은 이제는 단골판뿐만 아니라 들노래 연출자에서도 물러났다. 하지만 들노래 보존에는 여전히 힘을 보태고 있다. 1988년 12월 전라남도 무형문화재 제21호로 지정된 장산도 들노래는 오랜 세월 장산도에서 전승해 온 농요다. 1981년 전남의 남도문화제 최고상, 1982년 제23회 전국 민속예술경연대회에서 종합우수상인 국무총리상, 1987년도 남도문화재 민요 부문에서 우수상을 수상했다. 여자들이 논에서 일을 하면서 부르는 민요라 가락이 무척 여성스럽다는 평가를 받는다. 내용도 다른 지방의 노동요와 달리 깊은 한을 내포하고 있으면서도 경쾌하다. 들노래는 모를 찔 때(모판에서 모를 뽑는 일) 부르는 모찌기 노래, 모를 심을 때 부르는 모내기 소리, 논매기를 할 때 부르는 논매기 노래, 논을 다 매고 돌아갈 때 부르는 길꼬냉이로 구성되어 있다.

2014년 봄, 장산면 공수리 이귀인, 강부자 노부부는 낡고 오래된 집에 거처한다. 들노래 전수자 부부는 들일을 나갔다 점심을 자시러 온다. 집 바로 뒤안의 밭이지만 걸음은 한없이 느리다.

"묵은밭 독(돌) 좀 파다 오요. 깨 같은 거, 고구마, 녹두, 퐅(팥)도 잔 심고 그랄라고라우."

노부부는 양파 농사가 주업이다. 전에는 보리농사를 많이 지었지만 이제 더 이상 보리는 돈이 되지 않는다.

"양파 해 분께 보리는 안 하제."

올해는 고추도 2,500주나 심었다. 팔순의 노부부가 짓기엔 적지 않은 농사다. 이귀인 선생은 어떻게 들노래를 전승받게 됐을까. 어린 이귀인은 초등학교 다니던 무렵 논가에서 모내기를 거들다 어른들의 들노래를 어깨너머도 듣고 모조리 배웠다. 책보 메고 학교를 오가며 어른들에게 배운 노래를 부르고 또 불러 죄다 외웠다. 아무도 모르게 연습도 하고 흉내도 내봤다. "하나씩 하나씩 열 가지를 다 연구했다." 어린 시절 습득한 이귀인 선생의 생생한 기억력 덕분에 장산도 들노래는 온전히 전해질 수 있었다.

시작은 이귀인 선생의 씻김굿이었다. 전두환 군사독재 시절. 1981년 어느 날, 무속을 연구하던 '지 박사'가 이귀인 선생이 씻김굿하는 모습을 촬영 중이었다. 막간을 이용해 잠깐 들노래를 불렀다. 사람들이 남도문화제에 출전해 보라고 부추겼다. 이귀인 선생이 남도문화제 출전을 목표로 동네 사람 53명을 모아 들노래를 가르쳤다. 앞소리 할 사람을 아무리 가르쳐도 흉내도 못 냈다. 그런데 연습에 참가하지 않고 음식 장만을 하던 강부자 선생이 "제가 한번 해 볼라요" 하며 나섰다. 강부자 선생이 들노래를 한번 했더니 다들 놀랐다. "선생을 여기

두고 몰라봤네." 역시 진도 출신답게 한가락 했던 것이다.

주연 가수가 정해지자 연습에 속도가 붙었다. 연습은 모내기를 하면서도 이어졌다. 사물을 치며 들노래를 하면 어찌난 홍에 겨운지 힘든지도 모르고 일을 할 수 있었다. "길 가던 옹구(옹기) 장사가 옹구 그릇 메고 가다 들노랠 듣고 저도 모르게 홍이 나서 같이 춤추다 옹구를 다 깬 일"도 있었다. 결국 장산도 들노래 팀은 1981년 신안군 대표로 남도문화제 출전해서 최우수상을 받았고, 내친김에 전남 대표로 전국대회에 나가 국무총리상까지 받았다. 장산도 들노래 팀은 단번에 전국적인 스타가 됐다. 더불어 무명의 섬, 장산도도 이름을 떨쳤다. 강부자 선생은 노래를 하고 이귀인 선생은 감독으로 전국 공연을 다녔고 미국, 일본, 영국 등 세계 각국에서 취재를 해 갔다. 1986년 아시안게임에서도 공연을 하고, 국립극장, 국회의사당에서도 공연을 했다. 각지에서 초청이 쇄도했고 수많은 이가 찾아와 강부자 선생의 노래를 녹음해 갔다. 아궁이에 불 넣으면서도 녹음하고 산에서 나무하는 데도 찾아와 녹음을 해 갔다.

겁나게 떠부렀어

"한마디로 떳어라우. 그것이 겁났어. 내가 떳어."

강부자 선생이 수줍게 웃는다. 강부자 선생만 뜬 게 아니라 장산도도 떴다.

"그때는 장산이 떠부렀어. 날렸제 참말로. 장산면도 이름이 높아지고 신안군도 뜨고."

날이면 날마다 찾아오는 손님도 끊이지 않았다. 어떤 지역의 군수
는 공연을 갔더니 "강부자 씨 목청을 떼놓고 가씨오" 그럴 정도였다.
스타가 따로 없었다. 하지만 공연을 해도 출연료는 미미했다. 그래도
신이 났다. 내 고장을 빛낸다고 생각하니 당연히 해야 할 일이었다. 오
히려 찾아오는 사람들 밥까지 해 먹이는 수고도 아끼지 않았다.

"나락이 다 비에 젖어 부러도 부르면 갔소."
군사독재 시절이라 당시에는 위에서 부르면 거절할 수가 없었다.
"우게서는 지시 내리고."
농사까지 망쳐 가며 공연을 했지만 "그때만 해도 약해. 출연료가 너
무 약해" 늘 손해를 봤다고 이귀인 선생은 회고한다. 노부부는 그래서
여전히 농사를 지으며 가난하게 산다. 그래도 회한은 없다. 한 세월 잘
놀았다고 생각한다. 과거 정부와 관료들이 예인들을 예우할 줄을 몰
랐다. 농사일까지 접어 두고 공연에 간 분들을 이용한 것이다. 안타까
운 일이다. 두 분은 "노래 부르는 데 쫓아다니다 고개 들어 보니 어느
새 노인"이 돼 버렸다.

"목도 늙습디다. 그랑께 내 시절은 어디로 다 가 버렸소. 들노래 다
니다가 다 가 버렸소. 얼씨구절씨구 하고 다니다 다 늙어 부렸소."
진도 의신면 금갑 출신인 강부자 선생은 처녀 시절부터 노래에 소질
이 있었다. '콩쿨대회'에 나가 상도 받고 그랬다. 그러니 무대에 올라
가도 떨리지 않았다.

"세월은 얼른 가 불고."

고령인 탓에 사람들이 찾아오면 귀찮을 법도 하건만 전혀 그런 느낌이 들지 않는다. 마음이 그러니 그리 전해지는 것 일 게다.

"사람들 와도 귀찮게 생각 안 해요. 엄연히 문화재로 이어가야지. 외면해서 되것소."

두 분은 들노래 전통이 영원히 이어지기를 소망한다.

"영원히 이어가야지. 이 과정이 중요해요. 후손들에게 알키고 그래야지."

이귀인 선생과 이야기를 나누는 사이 강부자 선생이 밥상을 차리셨다. 눈매 선한 어머니가 청하신다.

"반찬 없어도 어여 드세요."

"폐 끼쳐 드려 죄송합니다."

"오시라고 해도 안 오실 텐디 이라고 대접이 소홀해서 미안하요."

밥을 삼키다 말고 울컥한다. 어머니 마음이다. 밥을 얻어먹고 집을 나서는데 강부자 선생이 손을 잡으며 "또 오시오" 다정하게 말씀을 건네신다. 언제 또 오리란 기약도 없는 길손. 길손은 끝내 참았던 눈물을 왈칵 쏟아낸다.

소금 섬 가는 길

광대섬 영선이 영감 이야기

어느 순간 식탁에서 파래김이 사라져 버린 적이 있었다. 순도 100 퍼센트 김만을 찾는 도시 사람들 때문이었다. 김 양식장에 독극물인 염산이 등장한 것도 그때부터였다. 김이 자라는 양식장에 파래 같은 다른 해조류가 함께 자라는 것은 자연스러운 일이다. 그런데 맨 김만을 찾으니, 도시 사람들의 입맛에 맞추기 위해 양식 어민들은 제초제를 써서 김 사이에 자라는 파래를 제거해야 했다. 결국 도시 사람들이 염산을 불러온 것이다. 지금은 다시 파래김이 등장했다.

한때 김에 비해 천대받던 파래가 이제는 성인병과 비만을 예방하는 해초로 각광받고 있다. 파래가 칼륨, 요오드, 칼슘, 식물성 섬유소 등 몸에 좋은 성분이 골고루 함유되어 있는 영양덩어리면서 체내의 콜레스테롤을 낮춰 주는 작용이 다른 해조류에 비해서 뛰어나다고 밝혀진 까닭이다. 예부터 섬사람들은 수시로 마른 파래를 구워 밥상에 올리거

나 파랫국이나 파래김치, 파래무침 등으로 조리해 먹었다. 섬 지방 사람들이 파래를 귀하게 여기고 사랑한 데는 다 이유가 있었던 것이다.

파래의 한 종류에 갈파래란 것이 있다. 갈파래를 남도 섬 지방에서는 가포래라 한다. 신의도 일대에서도 마찬가지다. 보통 오뉴월 갯바위에서 채취한 뒤 말려 두었다가 먹는다. 돼지고기를 넣고 끓이는 가포랫국은 명절이나 애경사, 마을 공동 행사에 빠지지 않는 먹거리였다. 몰과 돼지고기를 함께 끓이는 제주의 몸국과 비슷한 전통 음식이다. 신의도에서는 '남 덕을 많이 보면 가포래로 갚는다'는 말이 있다. 가난한 사람이 부유한 집에서 식량 같은 것을 도움받으면 가포래 한 짐씩을 뜯어다 갚는 풍습에서 유래된 것이다. 일종의 상부상조, 나눔의 공동체다.

이 섬에서는 그런 풍습 때문에 벌어진 사건 하나가 두고두고 회자된다. 신의도 근처 광대섬에 살던 영선이 영감이 난생 처음 목포에 갔다. 목포여객선터미널 부근 항동시장 막걸리 집에서 거나하게 취한 영선이 영감. 술집을 나오면서 한마디 했다.

"잘 먹었소잉. 내년 여름 가포래 한 짐 져다 줄라요."

값을 매기지 않고 필요한 사람들끼리 서로 남는 것을 나누고 살던 물물교환의 시대, 가포래가 화폐처럼 통용되던 섬의 풍습이 빚어 낸 촌극이었다. 하지만 얼마나 훈훈하고 아름다운 풍습인가. 이런 것들이야말로 미풍양속이다! 지금 우리는 너무 많은 것들을 잃고 살아가고 있지 않은가!

민중화가 홍성담의 고향 마을

　신의도는 한국의 대표적 민중화가 홍성담의 고향이다. 5.18 광주민중항쟁 때 선전요원으로 활동했고 1989년에는 평양 축전에 민족민중미술연합이 공동 제작한 「민족해방운동사」의 사진을 북에 보냈다는 이유로 구속됐다. 세계 각국에서 그의 석방을 요구하는 판화전이 열렸고, 1990년 국제엠네스티 본부에서 '올해의 양심수 3인'으로 선정하기도 했다. 홍성담은 "예술가는 열 살 이전의 기억을 가지고 평생 살아간다. 내 예술의 모든 근원은 내 고향"이라 한 바 있다. 통영이 낳은 세계적 음악가 윤이상 선생도 생전에 자신의 모든 음악은 자신의 고향 통영에서 출발했다고 말했다. "그 잔잔한 바다, 그 푸른 물색, 가끔 파도가 칠 때도 그 파도 소리는 내게 음악으로 들렸고 그 잔잔한 풀을 스쳐가는 초목의 바람도 내게 음악으로 들렸습니다." 어린 시절 고향 통영에서 들은 모든 소리가 그의 음악적 모티브가 됐던 것이다.

　예술가에게 고향은 육신의 고향인 동시에 예술혼의 고향이기도 하다. 홍성담이 태를 묻은 고향은 신의면 하태도 동리마을이다. 동리마을 중에서도 윤촌이다. 동리마을은 홍촌과 윤촌 두 개의 자연부락이 있는데 홍촌은 홍씨의 집성촌이고 윤촌은 윤씨의 집성촌이다. 마을 어귀에서 만나 집터를 안내해 준 홍성담의 친척 형님이라는 홍성렬 씨에 따르면 홍성담의 생가 터가 홍씨 집성촌이 아니라 윤씨 집성촌인 윤촌에 있는 것은 선대부터 하태도에 산 것이 아니라 목포에 살던 홍성담의 아버지가 하태도로 이주한 때문이라 한다.

홍성담의 생가 터를 찾았다. 집은 이미 오래전에 허물어져 버리고 집터는 밭이 되었다. 예술가를 기르던 땅이 이제는 고추와 들깨, 콩을 키우고 있다. 폐허로 남은 것보다는 나을 터지만 예술가의 집터에 그를 기리는 푯말 하나 없는 것은 안타까운 일이다. 홍성담의 친척이나 길가에서 만난 마을 노인은 이구동성으로 홍성담이 어린 시절부터 "예의 바르고 점잖았다"고 회고했다. 그토록 예의 바르고 점잖은 예술가를 불의와 싸우는 투사로 만든 시대란 얼마나 불행한 시대인가. 언제나 불의에 저항해 온 홍성담의 예술 세계는 땅에 대한 권리를 되찾기 위해 삼백 년 넘게 싸워 온 그의 고향 하의3도(하의도, 상태도, 하태도) 농민항쟁의 역사에서 배태된 것은 아닐까. 하의도 태생 김대중 대통령의 삶이 그랬던 것처럼.

천일염의 고장

바람과 햇빛과 사람이 함께 빚어낸 하얀 보석 천일염. 신의도는 소금 섬이다. 전국 천일염 생산량의 65퍼센트가량이 신안군에서 나오는데 신의도에서는 신안군 생산량의 3분의 1가량이 만들어진다. 가히 소금 왕국이라 할 만하다. 신의도는 본래 하나의 섬이 아니었다. 상태도와 하태도 등 몇 개의 섬이 간척으로 하나가 되면서 생긴 섬이다. 이 섬들은 본래 하의면에 속했다. 1983년 상하태도가 하의면에서 분면이 되면서 새로운 하의도라는 뜻에서 신의면이 됐고 간척으로 이미 하나의 섬이 되어 있던 상하태도 또한 신의도란 새 이름을 얻게 됐다.

신의도에는 현재 800여 세대 1,900여 명의 주민이 살아간다. 유인도 5개, 무인도 30개, 해안선 길이가 87킬로미터에 달하는 제법 큰 섬이다. 상태 서리마을 뒷산에는 청동기시대의 지석묘로 추정되는 50여 기의 고인돌이 있다. 이 섬 또한 선사시대부터 사람이 살았던 증거다. 상태 서리 안산에는 또 산성의 흔적이 남았다. 진도 임회면 남동리에 있던 남도포진의 돈대수비처墩坮守備處였을 때의 흔적이다. 신의도가 해상 방어에 중요한 섬이었던 것이다.

신의도는 상태도와 하태도 두 개의 큰 섬과 그 사이에 있던 타리도, 피도 등의 작은 섬과 갯벌의 매립으로 형성된 새로운 섬이다. 각기 독립된 4개의 섬들이 오랜 세월 주민의 간척으로 점차 하나가 되어 가던 중 한국전쟁 이후 대대적인 간척으로 마침내 하나의 섬으로 완성된 것이다. 갑작스럽게 섬을 찾아온 전쟁 피난민들을 정착시키기 위한 생활의 방편으로 염전이 필요했고 염전 조성을 위해 제방을 쌓아 갯벌은 마침내 뭍이 됐다. 피난민을 정착시키기 위해 갯벌을 간척해 태평염전을 만들었던 증도처럼 신의면의 섬들도 오로지 소금밭을 만들 목적으로 간척이 이루어졌던 것이다. 간척을 통해 농토가 아니라 염전을 만든 것은 한국전쟁으로 남북 교류가 전면 중단되었기 때문이다. 일제강점기 때 천일염전은 강우량이 적은 북쪽에서 집중적으로 조성됐기에 교류 중단으로 남쪽에서는 소금이 부족했다. 게다가 일제강점기 총독부가 독점하던 천일염전 개발이 해방 직후 민간에 개방된 것도 계기가 됐다.

신의도는 섬이지만 어업을 하는 이는 거의 없다. 그래서 주민들은 신의도를 해변 산중이라 한다. 밭농사도 부업이다. 소금밭을 일구는 염전이 주업이다. 염전이 무려 250여 개나 된다. 염전밖에는 달리 먹고살 길이 없다. 대규모 간척 이후에도 사람들은 하나둘씩 개별적으로 갯벌에 원을 막아(간척) 염전을 만들었다. 간척에는 비용이 많이 소요된다. 돈이 많은 사람이 아니면 공동으로 간척을 해서 나누는 경우가 많았다. 충분한 자금 없이 덤볐다가 중간에 그만두는 사람도 더러 있었다. 그렇게 갯벌을 간척해서 생긴 염전이 이제는 신의도 사람들의 가장 중요한 생활 밑천이 됐다. 그래서 섣달그믐과 대보름에는 염전 창고와 바닷물을 끌어오는 수문 앞에서 고사를 지낸다. 근심 없이 소금 잘 나게 해 달라고 기원하는 것이다.

신의도의 염전들은 개인 염전들이라 대부분의 염전은 이름이 없고 염전 주인의 이름을 따서 부른다. 택배를 통해 뭍사람들과 소금을 직거래하는 집들이 주로 염전 이름을 따로 지었다. 천일염이 재조명되면서 신의도에 고향을 둔 젊은 사람들이 귀향도 많아졌다. 그래서 하의도에 비해 젊은 사람들이 많다. 소금 작업은 4월부터 시작해서 10월 15일까지 계속된다. 물론 그 후에도 노는 것은 아니다. 염전 보수 작업 등 일이 이어지지만 큰 고생은 소금을 만드는 여섯 달 정도다.

신의도의 다른 지역 염전들처럼 위기가 있었고 폐전이 잇따랐다. 1997년 7월 소금 수입 자유화 때문이었다. 정부는 2005년까지도 폐전 업자를 특별 지원하며 폐전을 장려했다. 폐전이 되고 나서 많은 염전이 버려졌다. 더러는 다른 지역처럼 염전을 새우 양식장으로 바꾼 집들이 있었지만 새우 양식은 실패 확률이 높았다. 그래서 대부분의 새우 양식장들이 다시 염전으로 탈바꿈했다. 염전이 온전히 살아난 것은 2007년 염전 관리법 개정으로 2008년부터 천일염이 식품으로 인정된 까닭이다. 그 이전까지 천일염은 식품이 아니라 광물 취급을 당했다. 가공식품에는 정제염만 사용 가능했고 천일염은 쓸 수가 없었다. 소금 시장 개방과 함께 잘못된 소금 정책이 염전들을 사라지게 만들었던 것이다.

정제염은 99.9퍼센트가 나트륨이다. 천일염은 85퍼센트가 나트륨이고 15퍼센트는 칼슘, 마그네슘, 아연, 칼륨, 철 등 천연 무기질이다. 일전에 케이비에스kbs의 다큐프로그램에서 실험을 한 적이 있었다. 바닷물 염도에 맞게 서로 다른 수조에 정제염과 천일염을 녹인 뒤 같은 바닷고기를 넣었다. 얼마 후 정제염을 녹인 수조의 물고기는 모두 죽었지만, 천일염을 녹인 수조의 물고기는 건재했다. 소금이 고혈압의 원인이라는 실험 또한 정제염만을 가지고 한 실험의 결과라 한다. 천일염은 고혈압에 좋은 각종 미네랄을 함유하고 있어 고혈압에 미치는 영향이 크지 않다. 천일염은 오히려 성인병 예방에 좋다는 실험 결과도 있다. 반면 독성물질도 다소 함유하고 있으니 독성을 제거하고 섭취해야 한다.

할머니 뱃사공

갯벌 1센티미터 쌓이는데 이백 년

신의도에도 걷기 좋은 해안 둘레길이 있다. 하태 구만리에서 노은리까지 이어지는 임도다. 최근에 완공된 임도는 비포장 길이라 걷기 편하고 내내 바다와 섬들을 바라보면 걸을 수 있어 눈도 가슴도 시원하다. 구만리 염전이 끝나는 곳에서 길은 시작된다. 노은리까지 8킬로미터 남짓의 산허리를 감고 도는 해변 둘레길. 바다 건너 섬들은 진도의 섬들이다. 구만리 갯벌에는 긴 장대들이 줄을 지어 서 있다. 지주식 김 양식을 한 흔적이다. 소금 수입 자유화 이후 염전의 폐전이 속출하면서 새롭게 등장한 것이 김 양식이었다. 하지만 김값이 폭락하자 김 양식도 오래가지 못했다. 한때 김 키우는 발을 걸던 장대들은 이제 하릴없이 바다만 지키고 서 있다.

구만리 바닷가에는 긴 방조제가 있다. 방조제 안쪽은 간척지고 방조제 바깥은 물이 드나드는 갯벌이다. 방조제 밖 갯벌에서는 김 양식을 해서 먹고 살았고 방조제 안 간척지에서는 소금을 내서 먹고 산다. 신의 섬사람들은 내내 갯벌의 은혜를 받고 살아간다. 갯벌 1센티미터가 쌓이는데 이백 년이 걸린다. 저 깊은 갯벌이 형성되기까지 만 년의 시간쯤은 족히 흘렀으리라. 만 년 시간이 쌓고 또 쌓은 양분으로 섬사람들은 생을 이어간다. 갯벌은 섬사람들의 어미다.

길가에는 큰 나무들이 거의 보이지 않는다. 그래서 한여름에는 햇볕 피할 그늘이 없어 걷기가 쉽지 않다. 늦가을이나 겨울에는 더없이 걷기 좋은 길이리라. 이 섬의 산은 오륙십 년 생 해송이 대부분이다. 인공 조림 산이다. 원시림의 섬이 황폐화된 것은 대체로 일제의 산림 자원 수탈 때문이다. 해방이 이후에야 조림을 하였으니 나무들은 키가 작다. 바다에는 상방고도, 하방고도, 광대도, 양덕도, 송도, 혈도, 주지도 등의 섬들이 산수화 속 풍경처럼 아련하다. 광대도는 지금은 진도군 소속 무인도로 바뀌었지만, 가포래 이야기를 만들어 낸 영선이 영감이 살던 섬이다. 광대도는 웅크린 한 마리 짐승 같다. 혈도 뒤의 주지도에는 제법 높은 산이 있다. 그런데 봉우리 위에 길쭉한 바위가 솟아난 것이 흡사 남근 모양이다. 주지도의 이름이 의심스럽다. 혹 본래는 자지도가 아니었을까. 속되다 하여 주지도로 바뀐 것은 아닐까. 임도의 끝은 노은리. 노은리에서 더 들어가면 하태도의 가장 끝 마을 굴암리다.

처녀 뱃사공의 시대는 가고

굴암리는 예전에 꽃게잡이로 호황을 누리던 마을이지만, 이제는 꽃게잡이배도 모두 사라지고 노인들만 남았다. 1970년대 초반부터 작은 마을에 일고여덟 척이나 되는 꽃게잡이배가 있었다. 한 배에 선원이 6명씩 탔는데 대부분이 객지 사람이고 지방 사람은 한두 명에 불과했다. 당시에는 수협위판장도 있었고 마을은 늘 흥청거렸다. 하지만 1980년대 꽃게가 잘 안 잡히면서 꽃게잡이로 돈을 번 사람들은 다들 목포 같은 도시로 떠나 버렸다. 어선들도 사라져 버렸다. 할머니 한 분이 햇볕이 쨍쨍한데 우비를 입고 밭에서 고추를 따고 있다.

"할머니 어째서 비도 안 오는데 우비를 입고 일하세요."

"모구(모기)가 모구가 어치케 문가 우비 입고 따요."

올해는 고추 농사가 잘 됐다. 할머니는 당신이 아니라 자식들 먹이기 위해 고추를 기르신 거다. 햇볕 나는 늦여름 한낮, 모기 등쌀에 우비를 입고 땀 뻘뻘 흘리며 고추 따는 할머니. 평생 농사지어 자식들을 키웠고 허리가 굽어 걷기도 불편한 몸이 되셔도 자식 위해 농사를 놓지 못하시는 어머니. 감사의 마음보다는 죄스럽고 안타까운 마음이 더 큰 것은 무엇 때문일까.

하의도로 건너가는 배는 상태 당두선착장에서 뜨는데 이미 정기 여객선 시간을 놓쳤다. 하태 기동리에서 하의 봉도로 가는 나룻배가 있다고 했다. 나룻배의 사공이 할머니라 한다. 그래서 나그네는 여객선을 놓친 것이 전혀 아쉽지 않다. 처녀 뱃사공의 시대는 가고 이제 할머니 뱃사공의 시대다. 섬도 세월 따라 늙었다. 길영자 할머니(75세)는 남편과 같이 뱃사공을 했지만, 여덟 해 전쯤 남편은 "땅에 살기 싫다고 하늘로 이사가" 버렸다. 그 후로는 혼자서 뱃사공 일을 해 왔다.

"이런 존 시상을 살아야 쓴디 팔 년 전에 가버렸다우. 혈압에 떨어
져 부렀지라우."

부부는 젊은 시절 광주에 살았다.
"나가 본래 육지 처녀요. 광주 처녀요."
처녀는 광주에서 나고 자란 도시 처녀였고 남편은 안좌도 사람이었다.
"두 분이 연애하셨어요?"
"중마했제."
중매로 만났다.
"그런 시절이 한번 돌아왔으면 좋겠소. 내 마음 있는 사람이랑 한번
맺어져 봤으면."
"마음에 두신 분이 계셨어요?"
"있었든가 없었든가 그것은 모르제."
할머니 눈가에 엷은 미소가 번진다.
"우리 클 때만 해도 남자 한번 똑바로 못 봤소. 선보러 가서도 얼굴
도 지대로 못 봤응께."

그렇게 중매로 만난 남편은 집 짓는 목수였다. 당시에는 제법 번듯
하고 돈도 많이 버는 직업이었다. 하지만 남편이 병이 들어 목수 일을
할 수 없게 됐다. 그래서 남편의 형이 살던 신의도로 내려왔다. 기동리
선창가에 자리를 잡았다. 당시 기동리 선창에서는 목포행 여객선이
다녔다. 광민호가 다니고 조양페리가 다녔다. 매표소와 매점을 겸했
다. 그렇게 이 나루터에서 다섯 남매를 키웠다. 그러다 스물다섯 해 전

쯤 뱃길이 끊겨 버렸다. 그때부터 어장을 했다. 고기잡이를 하면서 나룻배 일도 겸했다. 남편이 세상을 뜬 여덟 해 전부터 혼자 뱃사공 일만 하게 된 것이다. 선착장 부근에서는 신의도와 하의도를 잇는 다리 공사가 한창이다. 몇 년 뒤 다리 공사가 끝나면 더 이상 나룻배도 할 일이 없어진다. 그때가 할머니 뱃사공의 은퇴 날이다.

"사공 노릇 할 만하세요?"
"나룻배 하는 게 재미지제. 농사일 하는 놈보다 낫제라. 덜 힘들고 안 심심하고. 이게 내 직업이다 하고 사요."
"그래도 힘든 때도 있지요?"
"바람 불고 태풍 온다고 배 관리할라면 머리 무겁자나요."
그럴 것이다. 태풍이라도 오면 배가 파손되지 않도록 피항시키고 단속하느라 애태울 것이다.
"다리 놔지면 나 졸업해요. 그때면 팔십 다 되어 갈 텐디 그때까정 몸만 건강하면 돼."
자식들은 고생 그만하고 같이 살자 하지만 어미는 일하며 혼자 사는 게 편하다.
"자석들 따라가면 머하것소. 내가 운반할 때까지 해야제. 서로 눈치 안 봐도 되고 지들도 편하고 나도 편하고."
어미는 스스로의 운반할 힘이 남아 있는 동안은 끝끝내 스스로의 생을 운반해 갈 것이다. 그것이야말로 가장 아름다운 생의 마무리란 것을 어미는 누구보다 잘 알기 때문이다.

5부

1만 마리
갈매기가
우는 집

/
임자도 1

난파선에서 얻은 불교 경전

점암은 울산까지 이어지는 국도 2호선의 시작이다. 신안군 지도읍 점암 선창가에서 임자도荏子島행 막배를 탄다. 임자도는 신안에 속한 섬이지만 신안군청이 있는 목포보다는 무안 읍내에서 더 가깝다. 농협 배가 밤늦도록 다니니 섬이지만, 교통 불편이 거의 없다. 오늘 막배 여객은 모두 셋뿐. 배를 탈 사람이 적어도 배가 떠 주는 것은 고마운 일이다. 여객이 단 한 명뿐이라도 여객선이 운항하는 것은 신안군이 여객선의 손실분을 보존해 주기 때문이다. 여객선 또한 버스 대중교통이니 옳은 일이다.

사람과 자동차를 실은 철부선이 임자도 선착장에 입항한다. 시간만이 아니다. 공간 또한 절대적 공간은 없다. 이십 분의 짧은 항로지만,

막배가 끊기면 바다가 가로놓인 임자도와 점암은 영원처럼 멀다. 부두에서 도보로 십여 분. 임자면 소재지에 하나뿐인 여관을 찾아든다. 여관 주인은 구면처럼 반긴다.

"어쩌다 이리 늦게 오셨소?"
"막배로 들어와서 밥 먹고 오느라 늦었습니다."
"여기는 손님 없으면 일찍 문을 걸어 버려요. 그러면 못 들어와요."
"여관 간판을 못 찾아 한참 헤맸습니다. 혹시 여기 임자도에도 절이 있습니까?"
"쩌기 이흑암리라고 거기 가면 대동산이 있어요. 한동산이라고도 하는데, 거기 절터는 있어요. 산꼭대기에. 기왓장이랑 축대도 있고."
"거기 말고는요?"
"없어요. 절은 하나도 없고 교회는 많아요. 부락마다 하나씩은 있을 거요. 한 일고여덟 개 될랑가."

절 이야기를 물어본 것은 혹여 백암 성총(1631~1700) 스님의 흔적이라도 남아 있을까 싶어서다. 불가의 학인 스님들이 강원이나 승가대학에 입학해 맨 처음 접하는 교과서가 「치문」이다. 오늘날 스님들이 「치문」을 공부할 수 있게 된 것은 백암 스님이 이곳 임자도에서 경전들을 얻어간 덕분이다. 백암 스님은 조선 숙종 7년(1681년) 임자도에 표류한 중국 난파선에서 경전들을 수습해 갔다고 전해진다. 백암 스님은 그때 임자도 난파선에서 「치문」 외에도 「화엄경 소초」, 「금강경 간정기」, 「기신론 필삭기」 등 190여 권이나 되는 불교 경전을 함께 가

져갔다. 스님은 경전들을 순천 낙안의 징광사에서 간행해 보급했다.

한국 불교는 임자도와 인연이 깊지만 지금 임자도에는 단 한 곳의 절도 남아 있지 않다.

경전뿐만 아니라 중국의 난파선을 통해 흘러 들어온 많은 책은 당시 조선 사회에 새로운 지식과 사상을 보급하는 통로였다. 신안 앞바다는 물살이 거세고 암초가 많아 옛날부터 표류선이나 난파선이 많았다. 그래서 신안 앞바다는 '세곡선의 무덤'이라 불릴 정도였다. 표류선이나 난파선 때문에 섬 주민들이 입는 피해도 컸다. 관리들은 난파선을 발견하면 발견된 모든 물품의 목록을 적어 조정에 보고해야 했다. 특히, 책의 경우는 모든 내용을 필사해서 보고해야 하니 고역이 컸다. 그래서 관리들은 그런 수고를 덜기 위해 난파선에서 발견된 책들을 모래밭에 묻어 버리곤 했다. 이를 눈치챈 장사꾼들은 책을 파다 시중에 유통하기도 했다. 난파선이나 표류선을 조사하러 섬에 파견된 관리들을 문정관이라 했는데 이들의 횡포도 심했다. 주민들은 이들을 먹이고 시중을 들어야 했다. 표류선에 사람이 살아서 오면 이들을 먹이고 입히는 것도 나라가 아니라 섬사람들이었다. 문정관과 표류민들 때문에 그렇지 않아도 가난한 섬사람들은 뼛골이 빠졌다. 그래서 더러는 난파선이 오면 신고하지 않고 불태워 버려 흔적을 없애기도 하고 표류선에 탄 사람들이 섬에 들어오려는 것을 쫓아 버리기까지 했다. 무책임한 국가의 정책이 빚어낸 비극이었다.

임자도는 우봉 조희룡(1789~1866)의 유배지로도 유명하다. 우봉은 조선 후기 추사 김정희와 쌍벽을 이룬 문인화의 대가다. 예송 논쟁에 휘말린 우봉은 1851년 임자도로 유배되어 이 흑암리마을에서 삼 년 간 유배생활을 했다. 그는 자신이 기거하는 오두막집에 만구음관萬鷗吟館이란 편액을 달았다. 1만 마리 갈매기가 우짖는 집이란 뜻이다. 그는 1만 마리 갈매기가 우짖은 소리를 들으며 유배의 시름을 달랬고 그림을 그렸다. 1만 마리 갈매기는 여전히 임자도 해변을 나는데 우봉도 만구음관도 이제는 간 곳이 없다.

오아시스가 있는 사막의 섬

임자도는 신안군의 최북단에 있는 임자면의 중심 섬이다. 면적 39.30제곱킬로미터, 해안선 길이가 60킬로미터, 여의도의 5배가 넘는 큰 섬이다. 남쪽은 신안군 자은도 북쪽은 영광군 낙월도와 이웃하고 있다. 임자도는 섬 전체가 모래언덕으로 이루어져 있는 사막 지형이다. 지질학자들은 임자도가 중동에서나 볼 수 있는 사막의 지형을 고스란히 갖추고 있다고 이야기한다. 그래서 바닷바람이 심하게 불면 산과 들이 온통 모래로 뒤덮여 버린다. 섬 곳곳에는 오아시스도 있다. 섬사람들이 '물치' 또는 '모래치'라 부르는 큰 물웅덩이들인데 모래가 머금고 있던 물이 한곳으로 쏟아져 내려서 생긴 것이다.

임자도 전장포마을은 또 한국 최대의 새우젓 산지다. 해마다 1천여

톤의 새우를 잡아 전국 새우젓 생산량의 60퍼센트에서 70퍼센트를 충당한다. 임자도 바다는 또 한국 최대의 민어 산지이기도 하다. 야생에 들깨가 많이 자라는 까닭에 임자도라는 지명이 생겼다 하나 지금은 대파가 더 많이 난다. 섬이지만 주민 80퍼센트가 대파와 양파 농사 등으

로 생활하는 전형적인 농촌이다. 24개 마을 중 3개 마을만 어업을 하고 나머지는 농업이 주업이다. 임자도는 본래 하나의 섬이 아니었다. 6개의 산을 중심으로 6개의 섬들이 서로 떨어져 있었는데 산지가 침식돼 흘러내린 토사가 쌓이고 거기에 사람들의 간척이 더해져 하나의 섬으로 이어졌다. 임자도와 증도曾島 사이에는 중국 송·원대의 보물이 다량 인양된 바다가 있는데 어디보다 물살이 센 곳으로 유명하다.

새벽바람 소리에 잠을 깼다. 나그네는 다시 잠들 수 없다. 한 목숨
보내는 것이 어디 쉬운 일이겠는가. 사람이든 동물이든. 내내 봉순이
의 혼백이 나그네를 따라 다닌 것일까. 봉순이는 끝내 섬까지 동행한
것일까. 보길도 시절부터 나그네와 십여 년을 함께 살았던 진돗개 '봉
순이'. 녀석을 떠나보낸 것은 섬으로 오기 사흘 전이었다. 나그네가 집
을 버리고 떠돌면서 봉순이도 함께 떠돌았다. 보길도에서 강화로, 강
화에서 경주로, 경주에서 또 인천으로, 봉순이가 마지막에 몸을 의탁
한 곳은 인천의 어머니 집이었다. 봉순이가 아프다는 전갈을 받고 인
천으로 달려가 동물병원에 데려갔을 때는 이미 녀석의 간 기능이 80
퍼센트 이상 정지된 뒤였다.

녀석이 나를 떠나지 못하는 것인가. 내가 녀석을 보내지 못하는 것
인가. 봉순이는 자신의 생살이 찢어져 피가 철철 흘러도 신음 소리 한
번 내지 않는 성정이었다. 그러니 속이 썩어 가는 아픔도 저 혼자서만
삭였을 것이다. 때로 그렁그렁 눈가에 맺히던 이슬이 아픔을 참아 내
는 녀석의 눈물이었음 늦게야 깨달았다. 왜 나는 그 고통을 눈치채지
못했던 것일까. 동물들도 때로 괴로움을 참고 슬픔을 숨길 줄 안다는
것을 어째서 생각조차 못 했던 것일까. 한 점 티끌이 날아올라도 대지
가 다 들어 있고 한 송이 꽃이 피어도 세계 전부가 흔들린다 했다. 하
물며 함께 마음 나누던 생명의 죽음 앞에 서랴.

임자면 면소재지라 해야 번화가는 아주 짧다. 면사무소, 농협, 파출
소, 우체국은 한데 몰려 있고, 식당, 횟집이 서너 곳. 세탁소, 양복점

이 하나씩. 그래도 가장 많은 것은 다방이다. 다방이 네 개. 마트는 제법 큰 것이 둘이나 된다. 면소재지 번화가를 벗어나 넓은 터에 자리 잡은 콜마트, 코사마트. 청과, 수산물, 야채, 부식, 냉동식품에서 공산품까지 무엇이든 집까지 배달해 준다. 시골에서도 이제 작은 가게는 살아남기 어렵다.

면소재지를 벗어나 길은 진리마을 입구에서 갈라진다. 오른쪽은 전장포 방향. 대광해수욕장 길은 직진이다. 진리마을은 아마 옛날 임자도 진이 있던 마을일 것이다. 섬의 내륙 깊이까지 갯벌이 들어와 있다. 진리 삼거리에는 세 개의 플랜카드가 걸렸다. '축, 아무개의 손자 서울대학교 경영학과 정시 합격', '임자 초중고 축구 클럽 선수 모집', '양파, 대파 퇴비 판매'. 퇴비는 살포까지 해 준다. 퇴비도 공장에서 만들어지고 농사까지 대행해 주는 곳이 생겼다. 노인들뿐인 농촌에서 그도 아니면 어찌 농사가 가능하겠는가. 진리를 지나면 교동마을이다. 교동에는 염전이 많다. 옛날에는 소금을 벗이라 했는데 그래서 임자도에는 버던, 들버지 같은 소금 관련 지명이 많이 남아 있다. 벗, 아주 소멸해 버리기 전에 지켜야 할 아름다운 우리말이 아닌가.

죽음으로
일제에 저항했던
타리 기생들

/
임자도 2

춘천에서 남쪽 섬까지 품팔이 온 농민

임자도 밭에는 마늘, 밭에는 쪽파, 밭에는 대파, 대파, 대파. 임자도의 밭은 온통 대파 천지다. 비금도에서는 논에도 시금치를 심었었는데 임자도의 논에는 대파를 심지 않는다. 대파의 생장 기간이 길어 이모작을 할 수 없는 까닭이다. 대파는 4월 말부터 6월 사이에 파종을 한 뒤 겨울에 가야 비로소 수확이 가능하다.

교동마을에서도 대파 수확이 한창이다. 대파밭 갓길에는 관광버스가 한 대 세워져 있다. 체험 관광이라도 왔나 싶지만 아니다. 일꾼들이 타고 온 차다. 일꾼들은 비닐 방한복을 입고 허리에는 대파 묶을 끈을 달고 허리 굽혀 대파를 뽑는다. 논둑길을 지나 밭으로 간다. 논둑은 곧 허물어질 듯이 위태롭다. 논과 논의 경계이자 길이기도 한 논둑, 양쪽

논 주인들이 각기 제 논의 면적을 조금이라도 더 넓히기 위해 극한까지 파먹어 들어왔다. 혼자 걷기에도 좁은 논둑. 기계화 영농 이후 논둑은 길의 기능을 잃은 지 오래다. 새참도 나르고 들밥도 나르고, 모도 던지던 논둑길. 다 지나간 옛이야기다.

대파를 뽑는 일꾼들은 임자도 사람들이 아니다. 춘천, 충주를 비롯한 다른 지방에서 온 계절 노동자. 이들도 이주 노동자다. 대파 수확기 한두 달 정도 섬에 상주하며 돈벌이를 한다. 사내는 춘천에서 왔다.

"강원도도 똑같아요. 사람이 없어요. 젊은 사람들은 노가다 현장 나가는 게 낫고 그러니 농사 안 붙어 있어요."

사내는 춘천에서 7천 평 농사를 짓는다. 제법 큰 농사지만 아이들 학비 대기도 벅차다. 공사 현장 일도 없는 겨울에는 남쪽으로 내려와 일거리를 찾는다.

"말로만 남쪽이 따뜻하다고 하지 되게 춥네요."

바닷바람은 칼바람이다. 바람만 안 불면 한겨울도 초여름처럼 따뜻한 것이 남쪽 섬의 날씨지만 바람 불면 체감온도가 강원도 못지않다.

"7천 평 농사지어 봐야 겨우 돈 천이나 남아요. 2, 3천 평 짓는 사람은 먹고살기도 힘들죠. 5천 평은 넘어야 겨우 먹고 살아요. 농사가 어

디 돈이 되나. 부업으로 뭘 하고 현장이라도 나가야 돈 푼이나 만지지. 돈이 안 돼요. 당최."

대체 7천 평이란 큰 농사를 짓는 농민이 농한기마저 쉬지도 못하고 강원도 땅에서 이 먼 전라도의 섬까지 흘러와 날품을 팔도록 강요하는 괴물은 무엇일까. 교육비, 아이들의 사교육비가 그 흉측한 괴물의 정체다.

바다의 황금시대, 임자도 타리 파시

임자도 서쪽, 하우리 앞바다는 임자도 최대의 어항이었다. 일제강점기 때, 여름철 7, 8월이면 임자도는 각지에서 몰려온 수백 척의 민어잡이배들로 북적였다. 그중에는 일본의 규수 지방에서 온 어선도 많았다. 일본에서 온 상선들은 조선과 일본의 어선들이 잡은 민어를 얼음에 재워서 일본으로 실어 날랐다. 일본으로 간 민어들은 고급 어묵의 재료로 쓰였다. 이 무렵이면 임자도 하우리 해변과 그 앞의 대태이도 소태이도 두 섬 사이의 백사장은 거대한 파시촌이 형성됐다. 임자도 바로 앞의 대태이도를 일본인들은 '타리섬'이라 했다. 그래서 임자도 파시는 타리 파시로 불렸고 일본에서는 목포보다 타리섬이 더 유명했다. 타리 파시 때는 임자도 하우리 해변과 대태이도 사이 바다에 배가 꽉 차서 배들을 다리삼아 건너다닐 정도였다. 대태이도, 소태이도는 섬타리, 하우리 백사장은 육타리라 했다. 섬타리, 육타리 양쪽에

서 열린 파시를 타리 파시라 한 것이다. 당시 신문 기사에도 타리 파시 소식이 실렸다.

"타리 어장이 개시된 지 300년이 넘었다. 민어 어장으로는 타리 어장이 가장 크고 다음은 굴업어장. 농가 한 채뿐이던 섬 타리에 파시가 서면 가건물이 수백 개 생기고 어부만 수천 명, 놀러 오는 사람들만 매일 50, 60여 명 왕래. 가건물 160호 중 병원 1곳, 음식점 90호, 요리점 15호, 잡화상 6곳, 이발관 3곳 등. 요리점에는 일본 조선 기생 합해서 130여 명의 창기. 선구상도." — 1938년 동아일보 임봉순 기자의 임자도 기행

타리 파시가 얼마나 융성했는지를 알려 주는 동시에 타리 파시의 역사가 삼백 년도 넘었다는 것을 알려 주는 중요한 기사다. 타리 파시가 서면 수십 곳의 요릿집, 색주가 선술집 등이 들어서고 잡화점과 선구상, 이발소, 이동 목욕탕 등이 생겼다. 술집에는 일본 게이샤를 비롯해 색시들만 100명이 넘었다. 매일같이 어부, 상인, 색시 들 수천 명이 들끓어 임자도는 도시의 유흥가를 방불케 했다. 칠월칠석이면 풍어를 기원하는 고사도 지내고 활쏘기 대회와 노래자랑 대회도 열었다. 어부나 상인들뿐만 아니라 각처에서 사람들이 놀러 왔다. 도시의 유흥가를 섬으로 옮겨 놓은 셈이었으니 사람이 들끓었다. 타리에만 임시 가옥이 100여 호가 생겼다. 일본의 저장선도 100여 척이 다녔다. 목포 군산 사이를 하루 4회 오가는 여객선 3척이 타리와 낙월도 두 섬을 경유했다. 언덕으로 파출소와 병원이 있었고 모래사장의 첫줄은

색시집들 다음 줄은 잡화점들이었다. 파시는 여름철 두 달간 만 나타났다 사라지는 신기루였다.

타리 파시에는 갖가지 슬픈 사연들이 전해진다. 그중에서도 타리 기생 이야기는 가슴을 저미게 한다. 하우리 노인들은 그때 일을 생생하게 들려준다. 어느 해 여름 일본 어부에게 조선 기생 한 사람이 맞아 죽었다. 기생들은 주재소로 몰려가 항의했지만, 살인자는 처벌받지 않았다. 식민지 백성의 비애였다. 파시촌에 있던 타리 기생 30여 명은 동료의 억울한 원한을 풀 길이 없자 다 함께 양잿물을 마시고 자결했다. 주민들은 이들의 시신을 하우리 모래밭에 묻어 주었다. 하지만 이들의 억울한 죽음에 대한 기록은 남아 있지 않고 구전으로만 전해져 안타까울 뿐이다.

지금도 임자도는 민어의 고장이다. 여름철이면 산란을 위해 임자도 근해로 민어 떼가 몰려온다. 이 무렵 잡히는 민어가 가장 맛있다. 임자도에서는 민어 중에서도 마른 민어를 최고로 친다. 임자도 사람들은 그것을 '건정 민어'라 한다. 이슬 맞추지 않고 일주일 정도를 말린다. 보양식으로 건정 민어탕을 끓일 때는 남녀에 따라 끓이는 방법이 달랐다. 남자들 먹을 것은 쌀 뜬 물에 더덕을 넣고 끓인 반면 여자들 것은 쌀 뜬 물에 산도랏(산도라지)을 넣고 끓였다. 이것을 민어곰탕이라 했다. 산모에게 특히 효과가 좋아 산도랏 건정 민어탕을 먹으면 젖이 쑥쑥 잘도 나왔다.

명사 삼십 리, 이 나라에서 가장 긴 모래 해변

이즈음 대광해변 입구의 상가들은 개점휴업 중이다. 모텔과 민박 몇 집, 슈퍼마켓, 횟집에 나이트클럽까지 있지만 모두 여름 한철 장사다. 명사 십 리만 되도 큰 해수욕장이라 한다. 그 유명한 강릉 경포대해수욕장도 길이가 6킬로미터에 불과하다. 그런데 이곳 대광해변은 12킬로미터다. 한국에서 가장 긴 모래 해변이다. 오늘 대광해변은 오로지 나그네 한 사람의 것이다. 이 장대한 백사장을 독차지하는 행운은 아무나 누릴 수 있는 것이 아니지만 행운은 누구라도 누릴 있는 것이다. 여름 피서철만 피한다면 이런 행운은 당장이라도 나의 것이 된다. 바다는 파도는 온통 나에게만 말을 걸고 내 안으로 자맥질쳐 들어온다. 바다를 건너온 바람은 나에게만 다가와 세상의 수많은 이야기를 전해 준다.

대광해변 길은 대부분이 단단한 모래밭이라 걷기에 편안하다. 나그네의 발길이 가볍다. 해변의 초입에서부터 흰둥이 진돗개 하나가 나그네를 따라온다. 나그네가 멈추면 저도 멈추고 나그네가 움직이면 저도 따라 움직인다. 잠깐 사이에 정이 들었다. 흰둥아, 봉순이의 영혼이 잠시 너의 몸을 빌려 함께 가는 것이냐. 나그네는 서러움에 왈칵 눈물이 돈다.

해변 모래톱에는 어디서 흘러 왔는지 통나무 하나 해풍에 하염없이 몸 말리고 누웠다. 쓸모없이 버려진 듯 보이는 저 나무도 실상 쓸모없는 나무는 아니다. 세상에 쓸모없는 존재란 어디에도 없다. 다만 아직 쓰임새를 못 찾은 것일 뿐. 쓰임새만 찾게 된다면 만물이 다 요긴하다. 저 통나무도 집 짓는 곳으로 간다면 튼실한 기둥이 될 것이고 바다에 떠다닌다면 조난자의 생명을 구해 줄 구명선이 되기도 할 것이다. 흰 둥이는 나그네에게 말 한마디 붙이지 않고 그저 묵묵히 삼십 리 해변의 끝까지 따라왔다. 침묵해야 할 곳에서 침묵으로 함께해 주는 길동무란 얼마나 고마운 존재인가.

술집 색시와
사랑에 빠졌던
선원의 순정

/

재원도

"성질을 죽여야제 나이 먹었으면"

"꽁지머리가 싸나. 그래도 밥은 깨끗하게 잘 해. 술 취해도 실수 안
하고."
"꼬라지 부린께 심청이 겁나게 싸납드만. 심청 안 내고 녁 달을 전
딜라면 우리 배를 타고."

신안군 임자면 재원도, 슈퍼를 겸하는 재원도 선주 집 평상 앞에 키
작은 중늙은이 사내 하나 풀이 죽어 앉아 있다. 목포의 직업소개소를
통해 들어온 사내는 선주 집 여주인의 까다로운 면접시험에 바짝 긴장
한 폼이 역력하다. 사내는 서울서 빚을 지고 돈을 벌기 위해 이 먼 섬
까지 흘러왔다. 사내는 전에도 재원도 배를 탄 적이 있다. 동료 선원과
다투고 계약 기간을 채우지 못한 채 섬을 떠났다. 그때는 그것으로 재

원도와 인연이 끝인 줄 알았겠지. 하지만 별다른 기술도 밑천도 없는 사내가 갈 곳은 많지 않다. 다시 배를 타는 것 말고 달리 무슨 선택이 있으랴. 그런데 그때의 전력이 사내의 발목을 잡는다.

새 선주는 사내가 꼬라지를 부리고 심청이 사나워 전에 타던 배 선주의 애를 먹인 사실을 똑똑히 기억하고 있다. 목포 소개소에서 일 잘하는 사람을 보냈다는 전갈을 받고 내심 기대가 컸는데 사내가 왔으니 영 못마땅한 거다. 선주들은 아무리 일을 잘해도 말썽부리는 선원을 꺼린다. 어선의 좁은 공간에서 능률적으로 일하기 위해서는 개인의 역량보다 중요한 것이 화합인 까닭이다.

"성질을 죽여야제 나이 먹었으면."

사내는 죄인처럼 고개를 푹 숙이고 대꾸할 엄두를 못 낸다. 채용이 되면 사내는 배에서 식사를 담당하는 화부 일을 하게 될 것이다.

"그럴 사람이 아닌데 저번에는 한 번 실수했습니다. 내가 책임지고 데리고 있을라니 믿어 주십시오."

사내와 안면이 있는 선원 하나가 보증을 서고 나선다.

"전에 백장미호 탈 때도 두 달을 못 타고 가 버렸는디. 성질 안 내고 잘하겠다고 하면 같이 하고. 선원들 밥만 잘해 주면 뭐라고 안 할라우."

자신이 신뢰하는 선원의 보증으로 선주 집 여주인의 마음이 조금 누그러졌다.

"성질부리지 말고 정신 차려 일해. 또 말썽을 부리면 인식이 나빠서 다음에는 딴 배도 못 타."

비로소 사내의 눈빛에서 안도감이 묻어난다. 뱃사람들에게는 화부를 잘 만나는 것도 큰 복이다. 답답하고 좁은 공간에서 고된 일을 하는데 유일한 낙이라고는 먹는 것뿐인 때문이다. 사내와 함께 배를 타게 될 선원들도 음식 솜씨 좋다는 말에 반가운 눈치다.

한 사내의 운명

재원도에는 민박집이 한 곳도 없다. 여객선에서 만난 전 이장님이 기꺼이 방을 내 주셨다.

재원도 주변은 민어와 부서, 새우 등의 황금어장이었지만 재원도 사람들은 오랫동안 어로보다는 농사를 주업으로 삼고 살아왔다. 수십 년 전 전국에서 500여 척 이상의 어선들이 몰려와 조업을 하고 재원도에 파시가 섰을 때도 재원도 사람들은 어로에 큰 관심을 두지 않았다. 그러다 재원 앞 바다에서 물고기가 줄어들고 외지 배들이 떠나자 그때야 비로소 재원도 사람들의 본격적인 어로 활동이 시작됐다. 외지 배들에 자극받은 섬사람들이 막배를 탄 것이다.

요즘 재원도에는 모두 40여 척의 어선들이 조업을 한다. 이제는 대부분이 어업에 기대 사는 것이다. 선원들은 대부분 외지인이다. 선원들은 목포의 직업소개소나 개별적인 인연으로 찾아와 배를 탄다. 지금은 주민 수보다 선원이 더 많다. 선원만 200여 명. 선원들은 출어했을 때뿐만 아니라 귀항해서도 자기가 탄 배에서 숙식을 해결한다. 어로 활동이 없는 겨울철 두 달을 제외하고 선원들은 열 달 내내 작은 배가 집이고 식당이다. 섬에 내렸을 때는 폐교 운동장에서 축구를 하며 놀기도 한다.

선원들이 축구 시합을 하는 폐교 운동장을 기웃거리는데 선원 한 사람이 말을 건다. 참 선해 보이는 인상이다. 충남 금산이 고향인 사내는 아버지가 돌아가시고 아홉 살 때 가출을 해서 평생을 떠돌며 살았다. 아홉 살 소년은 할아버지 집에 맡겨졌다가 집을 뛰쳐나와 호남선 열차를 탔다. 처음 들어간 집이 목포의 남창상회였다. 그 무렵 남창상회와 거래를 하던 사람이 양아들 삼는다기에 그를 따라 완도군 소안도로 들어갔다. 하지만 소년은 아홉 남매가 사는 집의 머슴살이를 해야 했다. 아이가 아홉이나 되는 집에 양아들이 필요할 리 만무했다. 처음부터 머슴을 시킬 목적으로 데려간 것이었다. 주인집 아이들이 학교에 다닐 때 소년은 밭일을 하고 소 먹일 꼴을 베러 다니고 땔감을 해 날라야 했다. 노를 젓는 배로 미역도 따러 다녀야 했다.

"지게 작대기로 맞기도 많이 맞았다."

몇 번을 도망 나오다 잡혀서 일곱 해를 살았다.
"그때를 생각하면 피눈물 난다"면서도 사내는 이제 원망이 다 풀어졌다고 담담하게 말한다.

주인집 자식들과도 화해를 했다.

"인자 즈그들이 미안하다 해요."

사내가 재원도를 처음 찾은 것은 20대 초반이었다. 그때 "남옥이 집 자동망을 탔었다." 그 뒤 홍도, 흑산도, 추자도, 비금도, 하의도 등 전국 각지를 떠돌며 안 타 본 배가 없다. 아홉 살 때부터 배를 탔으니 마흔 해 동안 배를 탔다. 몇 해 전부터 재원도로 다시 들어왔다. 한 달에 150만 원의 월급을 받는다. "그만둬야 하는데 배운 게 도둑질"이라 배 타는 일밖에 달리 할 것이 없다.

"힘도 들지만 재미도 있어라. 서민들은 배 타기가 젤로 좋아. 오늘 계약해 불면 술, 담배에 용돈까지 주제. 없는 사람은 배 타게 돼 있어라."

총각 시절 사내는 흑산도 파시에 갔다가 술집 색시와 사랑에 빠진 적이 있었다. 전주 아가씨였는데 배에 올라오면 밥해 주고 빨래까지 다 해 주고 갔다. 한 3주간 밤낮으로 붙어서 연애를 했다. 색시는 노부

모의 병원비를 마련하기 위해 술집을 다니다 흑산도까지 팔려왔다고
했다.

"그 소리를 들으니 피눈물이 났다"

빚 700만 원을 갚아줬다. 1980년대 중반이었으니 아주 큰돈이었
다. 색시는 흑산도를 빠져나간 뒤에도 자주 연락을 해 왔다. 돈을 갚지
못하는 것을 미안해했다. 사내는 여자에게 돈 안 갚아도 좋으니 다시
는 술집 나가지 말고 부모님 모시고 잘 살라고 당부했다. 그 뒤 여자의
소식은 알 길이 없었다.

사내는 군산에 가족이 있다. 딸만 둘. 한 아이는 대학을 졸업했고
막내는 고 1이다. 아내는 "아가씨들 데리고 업소를 한다." 요새는 경
기가 안 좋아 아내의 술집이 장사가 잘 안 된다. 어제 막내딸에게서
"엄마가 돈 없다고 새 속옷을 안 사 준다"고 전화가 와서 속이 상했다.
사내는 수십 년 배를 타면서 죽을 고비도 많이 넘겼다. 바람이나 파도
만 위험한 것이 아니다.

"어장을 깔아 놓고 바다에서 자다 보면 큰 배가 실수로 옆구리만 치
고 가도 선원들이 떨어져 죽곤 해요."

아직도 선원들은 목숨 내놓고 조업을 한다.

선원들은 소개소의 밥

재원도에 선원들은 90퍼센트 이상이 직업소개소를 통해서 온다. 10 퍼센트 정도만 선주와 인연으로 직접 계약을 맺고 배를 탄다. 선주는 소개소에 선원 소개비로 한 명당 50만 원, 선장은 200만 원까지 지불한다. 보통 2월부터 12월까지 열 달 계약이다. 늙은 선원 한 사람은 "선원들은 소개소 밥"이라 자조한다.

조기나 민어 등 회유성 물고기들의 이동을 따라 섬이나 포구에 임시로 형성되는 시장이 파시다. 파시 때면 선구와 생필품을 파는 상점들, 색주가 등이 들어서서 선원과 선주들을 상대로 장사를 한다. 아무것도 없는 여름 해수욕장의 한철 장사와 비슷하다. 재원도 파시는 흑산도, 연평도, 법성포 파시 등과 함께 서남해의 대표적인 파시였으며 가장 최근까지도 남아 있던 파시이기도 하다.

재원도에 파시가 형성된 것은 일제강점기 때부터 민어 파시로 유명했던 임자도 타리 파시가 사라지면서부터다. 한국전쟁이 끝난 뒤 타리 파시의 맥이 근처의 재원도로 옮겨 온 것이다. 그 무렵에는 재원도 또한 민어 파시로 성황을 이루었다. 인천, 통영, 부산, 흑산도, 조도, 군산, 영광 등 각지의 어선 600, 700여 척이 재원도 앞바다로 몰려들었다.

"배들이 강에 한나 빡빡 차 버렸어. 배만 밟고 임자까지 건너간다 그랬어."

바다에는 일본 무역선도 떴다. 흑산도나 목포 사람들이 들어와서 술장사를 많이 했다. 한창때는 술집만 30여 집이 넘었고 작부들이 200여 명이나 됐다. 파시가 서면 재원도 바닷가 모래사장 부근에는 가건물이 세워지고 아리랑 주점, 진주관, 법성관, 화신관 여로집, 영란주점, 대도상회, 목포상회, 조도상회, 목포여인숙, 친절상회, 은하다방 등 술집과 상회, 다방, 이발소, 옷 가게 등이 간판을 걸고 영업을 시작했다. 주민들은 모래사장에 돌을 쌓아 물양장을 만들고 그 위에 판자로 가건물을 지어서 외지 상인들에게 세를 받고 임대해 주었다. 가게들은 길을 따라 마주보고 들어섰다. 후일에는 시멘트 블럭으로 건물을 지어 임대했다. 한 철에 20~40만 원의 세를 받았다.

함근산 이장님은 재원도 사람으로는 드물게 파시에서 장사를 했다. 1980년대 재원도 바다에서는 민어와 병어, 부서, 꽃게가 많이 났다. 1980년대 중반 이장님이 주점 조합장을 역임할 때 "주점이 19개, 다방이 6개였고 아가씨가 모두 126명이었다." 선원 중에는 아가씨 빚을 갚아 주고 고향 데려가 사는 사람도 더러 있었다. 선상 생활에서 뱃사람들이 가장 그리워하는 것은 두 가지였다. "김치와 여자."

재원도에 입항하면 선원들은 진탕 마시고 놀았다. 우이도 바다에서 만났던 민어잡이배 문승갑·선장도 스무 살 무렵부터 재원도 파시를 다녔다 했다. 그는 84, 85년 무렵 파시가 가장 크게 번성했던 것으로 기억했다. 선원들은 술을 "주로 소콜로" 마셨다. 소주 반 되에 콜라 한 병을 섞어서 마시는 콜라 폭탄주. "색시 끼고 하룻밤 날 새기로 술을 마시고 잠까지 잘" 수 있는 비용이 당시 돈으로 1인당 2만5천 원. 소주와 양주도 많이 마셨고 맥주 양주 폭탄주도 제조해 마셨다. 안주는 과일이나 건어물. 폭탄주 몇 순배씩 돌면 "다 맛이 갔다." 바가지도 많았다. 몰래 빈 병을 가져다 놓고 바가지 씌우기 일쑤였다.

4월에 시작된 재원도 파시는 6월에서 7월이 전성기였고 9월 초가 되면 "시적버적 그라고" 끝났다. 해변은 다시 조용해졌다. 한여름의 신기루 같은 것이 파시였다. 파시 때는 각 지방 선원들끼리 패를 지어 패싸움도 많이 했다. 술에 취한 선원을 제지하는 과정에서 재원도 청년들과 선원 간에 싸움이 일어나기도 했다. 더러 선원과 동네 처녀가 눈이 맞아 결혼하고 재원도에 눌러앉아 사는 일도 있었다. 하지만 대부분의 선원들은 선주로부터 선용(선불금)을 받아 기분 내며 술 마시고 노는 데 돈을 다 탕진했다. 그렇게 돈을 모으지 못하고 해마다 선원 생활을 하며 늙어 갔다. 지금도 많은 선원이 비슷한 처지다.

파시는 외지 배와 상인들의 무대였다. 재원도 주민들은 관객에 불과했다. 배 지을 자본이 없어서 어장을 할 수 없었고 상인들에게 가건물을 빌려 줄 생각만 했지 자신들이 직접 장사를 할 생각은 못했다. 물론 주민 중에도 몇 사람이 술집이나 담배 가게를 했지만 극소수에 불과했다. 어장을 하는 집도 몇 되지 않았다. 대부분 주민들은 물이나 김치를 담아서 파는 것이 전부였다. 동네 처녀나 아이들도 물지게를 져다 팔았다. 본래부터 재원도에 어업이 없었던 것은 아니다. 일제강점기 때, 재원도 사람들도 범선 안강망 배를 했다. 진성인 전 이장님의 아버지도 안강망 배를 했지만 실패했다. 그 뒤 배를 하는 사람이 사라졌다. 재원도에서 어로가 다시 시작된 것은 파시가 한창인 1977년 무렵이었다. 진성인, 강대율, 함택산 세 사람이 낭장망으로 어장을 시작했다. 재원도 파시는 1989년 무렵에 막을 내렸다.

세상의 끝에서도 삶은 지속된다

요즈음 재원도에 외지 배는 없다. 재원도 배들은 주로 봄에는 병어와 서대, 여름철은 민어를 잡는다. 재원도를 비롯한 임자도 근해는 민어의 고장으로 유명하지만 재원도 배들은 민어보다는 서대잡이를 더 선호한다. 주로 여름철 보양식으로 가격의 등락이 심한 민어보다는 연중 안정적인 서대가 더 큰 소득을 안겨 주기 때문이다. 가을에는 김장용 추젓 새우를 잡고 겨울이면 동백하를 잡는다. 여름에도 새우잡이를 하지만 올해는 해파리가 기승을 부려 오젓, 육젓은 거의 잡지 못했다.

재원도 마을의 북쪽 해안으로 가는 길, 밭에서 할머니 한 분이 풀을 매고 있다. 밭 전체가 향나무 분재로 가득하다. 삽목을 해서 키운 분재다. 한참 분재값이 좋을 때 심었다.

"옛날에는 엄청 비쌌어요. 한 그루에 20만 원씩 하고 그랬는데."
지금은 값이 너무 떨어지고 마땅한 임자도 나타나지 않아 팔지 못하고 있다.

"해마다 나무를 쳐 주고 만들어야 작품이 돼요. 나무 치기가 힘들어요. 다 칠라면 한 달도 더 걸려요. 그냥 놔두면 베러 부니까. 풀도 매줘야 하고. 지심도, 지심도 엄청 징하요. 징해."

처음에는 1,500주를 심었는데 중간에 조금 팔고 죽어 버리기도 해서 지금은 1,000주 남짓 남았다.

"심은 지는 얼마나 되셨어요."
"이십삼 년이요."

스물세 해라니, 한 철 밭의 풀을 매기도 얼마나 징그러운가. 그런데 할머니는 같은 나무 밭의 풀을 스물세 해 동안 매면서 정성껏 키워왔다.

재원도의 저녁, 정박한 어선들마다 불빛이 켜지기 시작한다. 선실 식당은 저녁 짓는 손길로 분주할 것이다. 파출소 초소 곁을 지나는데 젊은 선원 한 사람이 초소장에게 고민을 털어놓고 있다. 애인이 업소에

서 일하는데 손님에게 맞아서 턱이 깨졌다. 선원은 울산에서 술집에 나가는 다섯 살 연상의 여자와 동거 중에 배를 타러 왔다. 애인이 맞은 것도 억울한데 때린 사람이 치료비를 안 물어 주는 것에 더 속이 상하다. 어떻게 해야 할지 고민이 돼서 상담을 하러 온 것이다. 대체 세상 끝에 와서도 삶의 문제는 끝이 없다.

우리는 모두
아득히 먼 곳을 떠도는
외로운 사람들

증도 1

느린 걸음으로 가라

시간의 의미를 성찰하려는 호기심으로 가득 찬 사람들

그들로 인해 생명이 살아 숨 쉬는 고장

마당과 극장과 가게와 찻집과 식당 영혼이 깃든 장소들이 가득하며

온화한 풍경과 숙련된 장인들이 사는 고장

계절의 변화가 주는 아름다움을 느끼며 맛과 영양營養 의식의 자발성이 존중되며

느림의 의미를 아는 사람들이 생물의 자연성에 리듬을 맞춰 살아가는 고장

슬로우 시티slow city의 발상지인 이탈리아 토스카나 주의 작은 도
시 그레베 인 끼안띠를 노래한 시다. 신안의 증도에 어울리는 시이기
도 하다. 증도 또한 그레베 인 끼안띠처럼 슬로우 시티다. 한해 80만
명 이상이 방문하는 증도는 2007년 12월, 아시아에서는 최초로 '슬로
우 시티'로 지정됐다. '슬로우 시티' 운동은 고유의 전통과 자연생태를

보전하면서 인류의 지속적인 발전과 진화를 추구하는 마을 만들기 운동이다. 2012년 6월 기준 세계 약 25개 국 150개 도시가 국제슬로우시티연맹에 가입해 있다.

　2010년 3월 연륙교로 내륙과 연결된 섬 아닌 섬 증도. 증도가 슬로우 시티로 지정될 수 있었던 것은 갯벌 생태와 염전 문화의 우수성 때문이다. 증도는 잘 보존된 갯벌 전시장 같다. 증도에는 펄갯벌과 모래갯벌, 혼합갯벌 등 다양한 종류의 갯벌들이 원형대로 남아 있다. 단일 염전으로는 한국에서 가장 규모가 큰 태평염전도 있는데 태평염전은 여의도 면적의 두 배인 462만제곱미터나 된다. 태평염전 외에도 증도 인근에는 크고 작은 염전들이 산재해 있다. 갯벌에는 갯지렁이와 짱뚱어는 물론 풀게, 농게 등 다양한 종류의 게들과 백합 등의 조개류를 비롯한 100여 종 이상의 생물들이 서식하고 있다. 또 퉁퉁마디, 순비기나무 등 다양한 염생 식물도 자라고 있다. 그러한 까닭에 2008년 6월에는 한국 최초의 갯벌도립공원으로 지정되었고, 2009년 5월에는 유네스코 생물권보전지역으로 또 2011년 9월에는 람사르 습지로 지정되었다. 700여 년 전인 중국 송, 원대 해저 유물 발굴로 보물섬으로 불리고 있는 증도가 생태계의 보고이기도 한 것이다.

짱뚱어다리

　썰물의 시간. 증도 짱뚱어다리를 건넌다. 470미터 길이의 짱뚱어다

리는 증동리 솔무등 공원 앞에서 장고리 사이 바다를 가로질러 놓인 다리다. 다리는 두 발로 걸어서만 건널 수 있는 인도교다. 나그네는 자동차가 다닐 수 없는 다리를 보는 것만으로도 반갑다. 다리 아래는 물이 들면 바다가 되고 물이 빠지면 바닥이 드러나는 갯벌이다. 썰물 때 다리를 건너면 갯벌에서 활동하는 짱뚱어들을 관찰할 수 있다 해서 짱뚱어다리란 이름을 얻었다. 갯벌 위를 기어 다니는 생물 중에서는 짱뚱어보다 게들이 더 많지만 짱뚱어가 주인공으로 등극한 것은 갯벌을 기어 다니는 물고기라는 그 특이한 생태가 증도 갯벌을 대표할 만하기 때문일 것이다.

바닷물이 잠시 자리를 비운 사이 증도 갯벌은 활력이 넘친다. 그 광활한 갯벌의 절반 이상을 게와 짱뚱어들이 뒤덮고 있는 듯이 보인다. 짱뚱어는 망둑어과의 바닷물고기이다. 피부 호흡을 하며 가슴지느러미를 발처럼 이용해 개펄에서 생활한다. 물이 빠지면 갯벌 바닥을 기어 다니며 주로 규조류를 먹고 살아간다. 수컷이 개펄에 Y 자 형태의 구멍을 판 후 암컷을 유인해 산란하는데 암컷이 구멍에 알을 낳고 떠나면 수컷이 새끼가 부화해 헤엄칠 때까지 보살핀다. 드물게 부성애가 매우 강한 물고기다. 어민들 사이에 짱뚱어는 유난히 머리가 좋은 물고기로 알려져 있다. 빠르고 영리해서 낚시로는 좀처럼 잡기 어렵다. 그래서 훌치기로 잡는다. 훌치기란 낚시 바늘 다섯 개를 꽃처럼 묶어서 만든 낚시 바늘 뭉치인데 이것을 던져서 갯벌에 기어 다니는 짱뚱어를 낚아채는 것이다.

해변의 솔바람 길을 걷다

　짱뚱어다리를 건너면 천년의 숲길이 시작된다. '천년의 숲'은 소나무 숲인데 그렇다고 천 년 된 숲은 아니다. 숲은 높은 곳에서 보면 한반도 형태라 한다. 이 솔숲은 한국전쟁 이후 해풍과 모래바람을 막기 위해 조성된 방풍림이자 방사림이다. 4킬로미터 길이, 명사십리 우전 해변을 따라 조성된 솔숲 덕에 해풍과 모래 바람으로부터 섬의 농토와 마을은 보호받고 있다. 참으로 고마운 숲이다. 숲의 소나무들은 수령 오십 육십 년에 불과하지만 솔숲의 규모는 방대하다. 무려 10만 그루의 소나무가 십 리 해변을 따라 도열해 사람들에게 안식을 주니 숲은 그대로 휴양림이기도 하다.

　모래 사구에 조성된 까닭에 솔숲 길 또한 모래땅이다. 흙처럼 가늘고 고운 모래땅 위에 솔잎들이 수북이 쌓였으니 숲길은 그야말로 융단을 깔아 놓은 것처럼 푹신하다. 발은 더 할 수 없이 가볍고 편안하다. 거기에 더해 소나무들 사이로 선선한 솔바람까지 불어 주니 그야말로 숲길은 걷기 천국이다. 걸을수록 발의 피로가 풀어지는 신비의 숲. 깊은 호흡을 하면 마음의 피로로 씻겨 나간다. 증도가 슬로우 시티지만 아쉽게도 사람들은 증도 내에서 두 발보다 자동차에 더 많이 의존한다. 많은 이가 짱뚱어다리 정도만 걸어 보고 그냥 되돌아가거나 자동차를 이용한다. 이것은 분명 슬로우 시티의 정신에 맞지 않는 여행 방식이다. 상시적인 외부 자동차 유입 제한이 필요한 것이 아닐까 싶다. 어쨌거나 그 덕에 해송 숲을 걷는 사람은 많지 않다. 그래서 숲은 소란

스러움이 없다. 이 숲은 그 아름다움으로 인해 제 10회 아름다운 숲 전국대회 공존상을 받기도 했다.

숲길 가에는 산벚꽃, 싸리꽃, 제비꽃 등의 야생화들이 숲의 그늘을 밝히는 꽃등으로 켜져 있다. 제비꽃은 유독 색이 진하다. 야생화들은 꽃이 작을수록 그 색이 선명하고 강렬하고 유혹적인데 이는 벌, 나비의 시선을 끌어 번식하려는 몸부림이다. 솔숲 사이로 언뜻언뜻 보이는 양파, 대파밭은 푸른 향기를 더해 준다. 숲을 가다 보면 간간이 크고 작은 방죽들이 보인다. 모래치 혹은 물치라 부르는 작은 못이다. 방죽 가까이 가자 인기척에 놀란 개구리 떼가 일제히 물속으로 뛰어든다.

증도는 면적 40.03제곱킬로미터의 땅에 16개 마을, 2,050여 명의 주민이 살아간다. 증도를 본섬으로 하는 증도면은 8개의 유인도와 93개의 무인도를 거느리고 있다. 증도의 본 이름은 시루섬 혹은 시리섬이다. 떡시루가 바닥이 숭숭 뚫려 물이 새듯이 증도 땅의 물이 새버려 물이 귀하다 해서 시루섬이라 했다고 전한다. 원뜻대로라면 시루 증甑 자를 써야 옳을 테지만 어쩐 일인지 한자 표기 과정에서 '증도曾島'가 돼 버렸다. 본래 세 개의 섬이었는데 전증도와 후증도, 대초도 세 섬 사이 갯벌이 간척되면서 하나가 된 것이다. 증도 곳곳에는 저런 모래치가 많다. 그 물이 있어 드넓은 벌판에 농사를 지을 수 있다.

그래서 나그네는 물이 부족해서 시루섬이라 했다는 섬 이름의 유래를 납득할 수 없다. 많은 농사와 좀체 마르지 않는 모래치의 물을 봤을 때 물이 부족한 섬이어서 시루섬이 된 것이 아니라 모래땅이라 물이 쑥쑥 잘 빠져서 시루섬이라 한 것이 아닐까 싶다. 모래치가 생긴 것은 사구 때문이나. 바람에 날려 온 모래가 곳곳에 언덕을 만들었다. 더러 두 모래 언덕 사이에 움푹 파인 웅덩이가 만들어졌다. 그 웅덩이로 모래가 머금고 있던 물이 흘러들었고 물이 고여 모래치가 된 것이리라. 모래치는 모래사막의 섬에 생명을 살게 만드는 오아시스다. 이 솔숲길의 비경은 모래치와 모래치를 감싸고 자라난 나무들이다. 물이 가까이 있으니 유독 푸르름이 더하고 생기 넘친다. 빛나는 숲이다.

천애윤락天涯淪落

이 아름다운 숲에서는 침묵으로 걸어야 하리라. 함께 간 사람들이 있더라도 이야기하지 않고 걷다 보면 오히려 더 많은 이야기를 들을 수 있다. 먼바다를 건너온 솔바람은 이방의 이야기를 들려주리라. 새들과 개구리는 숲에서 살아가는 이야기를 전해 주리라. 또 내 안의 내가 보내는 신호음을 들을 수도 있으리라. 그러므로 숲길을 걷는 시간은 오롯한 자기성찰의 시간이 될 것이다. 솔숲의 끝은 바다다. 4킬로미터 남짓의 솔숲을 빠져 나오면 우전해수욕장 드넓은 모래밭이 펼쳐진다. 명사십리, 물경 십 리의 모래밭이다.

구한말 신안군의 전신인 지도군 초대 군수였던 오횡묵의 정무 일기, 「지도군 총쇄록」(1895~1897)에는 오횡묵이 우전리 해변을 방문한 이야기가 나온다. 당시에는 해당화가 명사십리 해변을 온통 뒤덮고 있었다.

"이리저리 둘러보아도 아득하게 끝없이 넓게 펼쳐져 있는데 이때 실바람이 불어와 향기가 코끝에 풍겨 왔다."

붉은 해당화 꽃이 4킬로미터나 되는 해변을 뒤덮고 있었다니 참으로 놀라운 장관이었을 것이다.

그래서 오횡묵은 '벽지 바닷가 섬에 있어 널리 드러나지 못한 것이 한스럽다'고 한탄했다. 또 "가까이서 접해 보고 난 뒤에 소동파가 말한 천애윤락이 또한 이러한 것인가를 알았다"고 탄식하였다. 오횡묵은 감상에 젖어 잠깐 착각했나 보다. 천애윤락은 소동파가 아니라 백낙천의 시 '비파행琵琶行'에 나오는 구절이다. 백낙천은 '비파행'에서 "우리는 다 같이 하늘 아래 떠도는 신세(天涯淪洛)"라고 한탄했다. 우리는 모두 다 아득히 먼 곳을 떠도는 외로운 사람들. 어쩌자고 서로 만나 알게 되었고 또 헤어져야만 하는가! 이제 백 년의 세월이 흐르고 우전리 해변은 명성이 드높다. 그러나 해당화는 사라지고 없다. 다 어디로 갔는가. 모래바람에 휩쓸려 갔는가. 명사십리 해당화여! 우리는 여전히 아득히 먼 곳을 떠도는 외로운 사람들, 어쩌자고 이제는 서로 만나지도 못하게 되었는가!

보물섬

개 밥그릇이 된 도자기

1975년 증도 검생이(검산)마을에 사는 한 어부의 그물에 그릇들이 올라왔다. 어부는 부서진 그릇들은 버리고 그중 쓸 만한 그릇 몇 개는 주어다 개 밥그릇으로 사용했다. 그 개 밥그릇이 범상치 않음을 알아본 이는 육지에서 온 엿장수와 도굴꾼들이었다. 그 개 밥그릇은 중국 송나라와 원나라 시대 만들어진 도자기였다. 도굴꾼들 사이에 증도는 보물섬이란 소문이 퍼져 나갔다.

1976년 1월, 다시 검산마을 어부의 그물에 중국 용천요龍泉窯의 청자가 올라왔다. 그 어부는 당국에 신고했고 그 후 정부에서 발굴단을 구성하고 발굴을 시작해 1984년까지 11차례의 발굴을 진행했다. 발굴 장소는 수심이 20미터 정도였는데 탁류인데다 급류여서 시계視界 제로 상태였다. 까다롭고 지난한 인양 작업 끝에 결국 도자기류 2만 661점, 금속제품 729점, 석제품 43점, 동전 28톤 18킬로그램 등 실로 엄청난 양의 해저 유물이 발굴됐다. 1323년을 전후로 한 시기에 침몰됐을 것으로 추정되는 그 난파선에는 '신안선'이란 이름이 붙여졌고, 그 후 증도는 보물섬이란 명성을 얻게 됐다.

발굴된 도자기 유물은 청자가 9,600여 점이었는데 고려청자도 3점이 포함되어 있었다. 또 은으로 만든 병들과 접시, 청동으로 만든 촛대, 향로, 거울, 수저, 냄비, 사발 등 다양한 금속 제품이 발굴됐으며 돌로 만든 벼루와 맷돌, 유리 제품도 있었다. 향목이나 가구재로 쓰는 자단목 500여 점(약 8톤)과 글씨를 쓴 목간 300여 점, 한약재도 발굴됐다. 이 유물선은 중국인들의 손에 의해 중국 복건성의 조선창에서 철저한 고증을 거쳐 당시의 기법으로 복원됐으며 '700년 전의 약속호'로 명명되었다.

신안선에서는 나막신, 일본도, 장기, 칠기, 도기 등 일본 생활용품 일부도 인양되었다. 그래서 이 배는 당시 일본을 왕래한 중국의 무역선으로 추정되고 있다. 하지만 아쉽게도 정작 증도에는 유물이 남아 있지 않다. 유물들 대부분은 서울의 국립중앙박물관과 목포 해양유물전시관에 전시되어 있다. 보물선이 발굴된 해역은 국가 사적 274호로 지정되었다.

검산마을 갯벌에서 한 여자가 낙지를 잡는다. 고무 대야를 끌고 가는 여자. 뻘에 손을 넣을 때마다 낙지가 쑥쑥 올라온다. 낙지 중에서도 뻘낙지는 유난히 맛있다. 질기지 않고 입에서 사르르 녹는다. 연체동

물의 살이란 이런 것이구나 하는 감탄이 절로 나오게 만드는 것이 신안 섬 지방의 뻘낙지다. 마치 게살처럼 부드럽다. 저 낙지 잡는 여자도 낙지를 좋아할까 문득 의문이 든다. 좋아해도 아까워서 쉽게 맛볼 수는 없으리라. 낙지를 팔아 아이들을 가르치고 생계를 이어 왔으리라. 그 자식들 먹이기 위해 기다리고 또 기다렸으리라.

물 반, 고기 반 상월포 파시

검산마을 송원대 유물 기념비를 지나 30여 분을 걸어가면 상월포다. 마을이 있던 곳인데 지금은 무인지경이다. 그곳이 한때는 부서 파시로 불야성을 이루던 때가 있었다. 부서는 민어과의 바닷물고기로 참조기와 거의 비슷하지만 머리 모양이나 등지느러미 높이가 더 낮다. 참조기에 비해 주둥이 끝도 약간 둥글다. 등은 회황색이고 배는 황백색이다. 참조기가 귀하던 시절, 참조기로 둔갑해서 팔리기도 했다.

상월포의 파시는 인근 칠발도 어장에서 부서가 쏟아졌기 때문이다. 칠발도는 칠팔도 혹은 일고발이라고도 하는 무인도다. 칠발도 부근의 바위섬들이 만조 때는 7개 간조 때는 8개로 보인다 해서 칠발(朳)도다. 무인 등대인 칠발도 등대는 서해남부 연안과 동남아 항로의 분기점에 위치한 중요한 등대다. 이 섬과 신안 우이도, 진도의 조도를 잇는 선을 기점으로 가까운 바다와 먼바다가 나뉜다. 칠발도 바깥부터 먼바다가 시작된다. 칠발도는 또 바다제비, 슴새, 칼새 등 바다 철새들의 산란

지다. 그래서 섬 전체가 천연기념물 제332호로 지정된 생태적으로도 중요한 곳이다.

한 시절 영광의 칠산 어장에서 참조기가 쏟아졌듯이 칠발도 어장은 물 반, 부서 반이었다. 1960년대 상월포 파시에 참가했던 검산마을 노인들은 "되넝기할 때(그물 가득 잡힐 때)면 폭 5미터, 길이 200미터의 그물에 부서가 가득 걸렸다. 그때는 부레에 공기가 가득 차서 배가 빵빵해진 부서들 때문에 그물이 떠올랐다. 배를 뒤집고 노랗게 뜬 부서 그물이 마치 긴 도로처럼 보였다"고 증언한다. 인근의 비금도 원평 파시나 재원도 파시 역시 상월포처럼 칠발도 어장에 부서가 많이 날 때 성황을 이루었다.

부서잡이는 주로 목선인 돛단배로 했다. 부서는 울음소리로 잡았다. 부서는 민어나 참조기처럼 개구리같이 꽉꽉 울어 댔다. 바다에 얼마나 부서가 많았는지 한배의 앞과 뒤에서 서로 부르는 소리가 안 들릴 정도였다. '되넝기'한 곳에 다른 사람이 또 다른 그물을 쳐도 다시 그물 가득 잡힐 정도로 부서가 많았다. 전국 각지에서 몰려온 수백 척의 배가 부서를 잡았고 상월포에는 봄부터 가을까지 파시가 섰다. 부서철이면 상월포에는 임시 가옥들이 들어서고 술집, 밥집, 선구점 등이 문을 열어 파시촌이 형성됐다. 석종씨, 혹기씨, 만복씨, 강로씨 등이 파시촌에서 색시를 데리고 술장사를 했다. 증도 사람들도 고개를 넘어 상월포에서 부서를 사 지게에 짊어지고 다른 마을에 팔러 다니며 돈을 벌기도 했다.

간짱(간독)에서 소금에 절여진 부서들은 주로 마산 지방으로 팔려나갔다. 잡아온 부서는 간짱에 절였는데 간짱은 두 평 정도 크기에 깊이가 150센티미터쯤 되는 사각의 구조물이었다. 시멘트로 내부를 만든 뒤 바같은 돌담을 쌓아서 완성했다. 상월포에는 부서를 절이던 간짱 5개가 아직도 원형을 유지하고 남았다. 전국의 바다에 파시는 많았지만 파시의 임시적인 성격 때문에 남아 있는 파시의 유물은 극히 드물다. 상월포의 간짱들은 한국 어업사의 중요한 유물들이다. 문화재로 보호받아 마땅하다.

갯벌의 기도

/
병풍도, 대기점도

황금시대는 가고

노인은 지도읍내 병원에 다녀오는 길이다. 노인은 일하다가 넘어져서 허리를 다쳤다. 병풍도에서 태어나 평생을 병풍도에서 살았다. 병풍도는 섬이지만 어업보다는 농사가 많다. 노인도 벼농사랑 양파농사를 지으며 살아간다. 증도, 버지선착장에서 노인과 나그네는 한배를 기다린다. 내륙인 무안과 신안군 지도는 다리로 연결되었고 증도 또한 사옥도와 송도를 거쳐 지도와 다리가 놓였으니 더 이상 섬이 아니다. 버지선착장은 단일염전으로는 국내 최대인 태평염전 바로 옆의 작은 포구다. 버지란 말은 벗에서 온 듯하다. 옛날 신안 섬 지방에서는 소금을 벗이라 했다. 소금밭 옆이니 버지선착장이 된 것이다. 병풍도행 여객선은 아직도 1시간을 더 기다려야 한다. 나그네는 노인에게 병풍도 이야기를 청해 듣는다.

"병풍도가 염전이 아주 많아요. 염전 고장이제."

노인은 병풍도를 평풍도라 발음한다. 병풍도는 면적 2.5제곱킬로미터, 해안선 길이 11.2킬로미터, 목포에서 북서쪽으로 24킬로미터, 지도읍에서 남쪽으로 약 10킬로미터 떨어져 있는 섬이다. 신안 지역 대부분의 섬들이 목포시를 통로로 내륙지역과 소통하지만 병풍도나 임자도, 증도 등 신안군 북쪽 섬들은 목포보다는 무안군을 통해 내륙으로 진출한다.

병풍도 근처에는 대기점도, 소기점도, 소학도, 진섬 등의 작은 섬들이 있는데 이들은 모두 도로를 통해 병풍도와 연결되어 있다. 예전에는 갯벌 위에 노둣돌을 놓아 썰물 때만 건너 다녔지만 이제는 갯벌에 도로를 깔아 만조 때만 아니면 수시로 건넌다.

"옛날에는 노두로 건너다니다 옷도 다 버리고 그랬는데 지금은 편해졌소."

해안 절벽이 병풍처럼 아름다워 병풍도란 이름을 얻은 병풍도 해변에는 해식동굴도 있었는데 지금은 사라져 버렸다.

"해식동굴, 그거 파도에 생긴 것이 파도에 없어져 부렀소. 어릴 때는 거길 뛰어다니고 그랬는데 흔적도 없어져 버렸어."

병풍도에서는 해태(김) 양식장도 많고 염전도 많았다.

"평풍도가 돈 섬이라 했소. 지금사(지금은) 힘이 없어 돈을 못 버니까 그라제."

사람들이 나이가 들어 늙어 가면서 힘에 부치니 예전만큼 김 양식도 못 하고 염전도 줄었다. 그러니 예전처럼 더 이상 돈 섬이 아니다. 한

때는 안좌면의 반월도와 병풍도가 젊은 사람도 많고 부자 섬으로 유명했다. 노인의 얘기를 들으니 반월도 사람들이 자기 섬이 부자 섬이었다고 자랑하던 말이 생각난다.

"반월도를 갔더니 여기랑 기온차가 많이 납디다. 여기는 보리 모가 지도 안 나왔는데 거기는 나왔습니다."

노인은 젊은 시절 반월도에 갔던 기억을 떠올린다.

신안의 많은 섬이 다리로 연결되어 내륙으로 편입되었고 다리 공사 중인 곳도 많다. 하지만 병풍도는 연륙교 소식이 전혀 없다. 노인은 그것이 섭섭하다.

"평풍리는 영원히 섬으로 남을 겁니다."

병풍도는 인구도 적고 거리가 멀어서 다리를 놓기 어려울 거란 이야기다. 하지만 노인은 이내 한마디 덧붙인다.

"그런데 언젠가는 할 겁니다. 일자리 만들라고 할 겁니다."

불쑥 던지는 말씀이지만 노인은 다리 공사의 본질을 꿰뚫고 있다. 섬들을 내륙과 연결하는 다리 공사가 꼭 섬 주민들만을 위한 것이 아니란 사실을 잘 알고 있는 것이다. 토목 자본의 이익을 위해 다리 공사가 시행되는 경우가 많다는 사실을 아는 거다.

"예전에는 풍선, 돛단배 타고, 노 저어 다니고 그랬소. 무안서 증도까지 걸어 다니고 그랬소."

어느 섬이나 그랬듯이 병풍도 사람들도 옛날에는 내륙에 한 번 나가는 것이 보통 일이 아니었다. 아직도 배를 타고 다니지만 옛날에 비하면 천지개벽이다.

병풍도 근해는 황금어장으로 유명했다.

"평풍리 뒷바닥이 고기가 무쟈게 많이 났소. 조기, 부서, 준치, 병어, 어마어마하게 많았소. 짚 가마니로 하나씩 담아서 져 나르고 그랬소. 그란디 지금은 하나도 없어. 조기, 부서 큰 거, 간질한다(소금에 절인다)고 시멘트로 간독 만들고 그랬는디 지금은 없어져 부렸소."

옛날에는 동서남해 바다 어느 한 곳 황금어장 아닌 바다가 없었다. 그렇지만 이제는 어느 바다를 가나 어족의 씨가 말랐다는 탄식이 들린다. 그게 다 어린 치어까지 분별없이 잡아들인 남획의 결과다. 인간의 탐욕이 바다의 씨를 말린 것이다.

작은 섬에 남은 전쟁의 상흔

지금은 봄, 병어철이지만 가까운 바다에서는 병어 구경하기도 힘들다. 더 먼바다로 나가야 좀 잡힌다.

"병치(병어) 그거는 막 잡아서 올라온 것이 좋은 것인디. 지금은 다 얼음 간해갖고 맛이 없어져 부렸어."

병어 같은 생선은 바다에서 막 잡아다 먹는 것이 맛있는데 이제는 섬 근처에서 생선이 안 나니 먼바다에서 얼음에 재 가져온 것을 먹으니 맛이 덜하다는 말씀이다. 물고기가 그렇게 많이 나던 시절에도 병풍도 사람들은 바다보다는 땅에 기대고 살았다. 농사만으로도 충분히 부유하게 살 수 있었으니 굳이 바다에 눈을 돌리지 않아도 됐던 것이다. 바다는 그저 언제든지 잡아다 먹을 수 있는 생선 창고 같았다. 부

족한 것이 없는 섬이었다. 그래서 병풍도는 인심이 좋았다. 풍요로운 반월도가 인심이 좋았던 것처럼. 그런데 병풍도의 인심이 사나워진 것은 한국전쟁 직후부터다.

"육이오 나면서 버렸소. 육이오 때 사상 그것 때문에 그랬지. 서로 죽이고. 젊은 사람들 다 희생당해 버렸지. 평풍리 사람 이씨라고 있었는디, 그 사람이 똑똑했었는디, 쓸 만한 사람은 다 잡아다 조저 부렀어. 자기 핏줄 죽였다고 경찰시켜서 학살해 버렸소. 젊은 사람 싹쓸이해 부렀소. 수십 명을."

이 작은 섬도 동족상잔의 비극을 비껴갈 수 없었다. 인민군이 들어왔을 때 자신의 형이 마을 사람 누군가에 의해 죽임을 당했던 이가 있었다. 인민군이 쫓겨나고 경찰이 들어오자 그가 복수를 한 것이다. 그런데 자신의 핏줄을 죽인 사람뿐만 아니라 마을의 젊은 사람들을 전부 다 좌익으로 몰아서 학살을 했던 것이다.

"나도 그때 두 형을 잃었소. 그때 형들이 안 죽었다면 나가 섬에 살지도 않았을 것인디."
똑똑했던 노인의 두 형도 그 복수의 희생양이 돼서 죽임을 당했다.
"두 형님, 스물 몇 살씩 됐을 때요. 한 분은 딸 하나, 한 분은 자식도 없이 신혼 때 죽었어. 죄가 없어도 까시 노릇한 사람은 다 잡아 죽여 버렸소. 얼른 쉽게 말해 발전성이 있는 사람은 다 족쳐 부렀지."
노인은 이제 원한이 풀어진 것일까. 자기 두 형을 죽음으로 내몬 사람도 이해할 것 같다고 한다.

"그 사람 보고도 머라 못 하겠습디다. 자기 핏줄이 죽임을 당했으니. 잘생기고 언변도 좋았는디 국회의원 나왔다가 그 사건 땜에 버려 부렀어. 인물은 인물인디."

시간의 힘일 것이다. 망각의 힘일 것이다. 원한도, 용서도 다 망각의 강물에, 시간의 물살에 떠내려가 버렸으니.

"저 영산강 가니까 영산강 가운데 섬이 하나 있는데 거기 사람들한테 들으니까 육이오 때 경찰들이 주민들을 죽여 돌을 발에다 묶어서 던져 버리니까 시체가 산더미처럼 쌓여 부렀답디다."

노인은 병풍도 들어가거든 이런 얘기 들었다고 누구한테 말하지 말아 달라고 신신당부한다.

"이런 얘기하면 웃어라우. 지나간 야기해서 뭣하겠소."

다들 그런 아픔 하나씩 품고 살아가는 섬사람들. 새삼 옛이야기를 꺼내 상처를 들쑤실 필요가 없다는 말씀일 게다. 섬에는 아직도 피해자와 가해자의 가족들이 함께 살아가고 있으니 말이다. 병풍도는 마치 한국 사회의 축소판 같다.

목사님 눈을 피해 숨어서 담배 피는 노인

노인은 올해 나이 칠십.

"닭띠 해 태어난 사람은 고향을 떠나야만 잘 산다 해요. 닭띠들은 고향서 살면 흉터를 가지고 산다 해요."

노인은 내내 고향을 떠나지 못하고 가난하게 살게 된 것이 팔자 탓이려니 생각한다. 그래도 노인은 한 가족의 가장으로서 역할을 충실히 하며 살았다. 평생 농사를 짓고 갯벌에 나가 낙지를 잡아다 자식들 교육을 다 시켰다.

"농사지서 갖고는 애들 못 갈쳐요. 낙지 잡기도 하고 마을 사람들이 잡은 것 사 가지고 목포 나가 되팔러도 다니고. 많이 잡을 때는 하루 100마리씩도 잡고 그랬어요." 노인은 다섯 해 전까지만 해도 많이 잡으러 다녔지만 이젠 손 놨다.

자식들 교육도 다 시켰고 노인은 더 이상 낙지잡이를 나가지 않는다. 갯벌 낙지잡이가 얼마나 고된 일인가. 노인이 갯벌에서 보낸 세월만 오십 년은 족히 넘을 것이다.

"고기 묵고 싶으면 잡아다 묵고 이젠 편하게 사요."

노인은 후릿그물질로 반찬거리 생선이나 잡아다 먹으며 노년의 시간을 여유롭게 보낸다. 지금은 그물질해 봐야 숭어나 겨우 잡히지만 겨울 참숭어는 무엇보다 맛나다.

"참숭어 그거 겨울철에는 맛이 겁나게 좋은 것이요. 개숭어는 비링내 나고 맛 없어라우. 숭어는 겨울철에도 물 내려 간디, 갯고랑서 많이 난단 말이요."

이야기를 하던 노인이 슬그머니 방파제 뒤로 숨더니 담배를 꺼내 문다.

"왜 담배를 숨어서 피세요?"

"목사님이 차에 계시거든이라우."

노인은 승합차에서 배를 기다리는 교회 목사의 눈을 피해 담배를 핀다. 노인이 다니는 교회 목사인 듯하다. 아마도 교회에서는 담배를 못 피게 하는 것 같다.

"교회 안 믿는 사람 없어요. 믿어서 나가는 사람도 있지만 안 그런 사람도 있어요. 교회 안 나가면 따돌림당하고 확실히 그런 점도 있긴 있어요."

말을 꺼내 놓고 무안했는지 노인은 금세 말을 주어 담는다.

"교회 안 나간다고 누가 따돌리기나 할랍디요마는 자신의 생각에 그렇다는 것이제."

학생 때 선생님을 피해 담배를 피던 것처럼 자신이 다니는 교회 목사의 눈을 피해 피는 담배가 노인에게는 꿀맛이다.

"내가 워낙 담배를 많이 피요. 술도 했었는디 젊어 위경련 난 뒤로는 술을 안 먹어 버렸소. 그러니 담배를 더 피어. 농사지면서 일하다 뻗치면(힘들면) 앉아서 피고, 섬에 담배 집이 없응께 외지서 몇 보루씩 사다 두고 피요. 담배 많이 피니께 확실히 밥맛이 없습디다마는 담배 피는 사람 병나 죽는 사람 없습디다."

그 고독한 섬살이의 유일한 벗이 담배가 아니었을까.

노인의 이야기를 듣다 보니 한 시간이 훌쩍 지났다. 병풍도행 여객선 '더존페리호'가 선착장에 접안한다. 여객은 몇 되지 않는다. 병풍도까지는 금방이다. 20분 남짓의 거리지만 뱃길이 끊기면 영원처럼 먼 곳이 또한 섬이다. 오늘 배는 간척으로 병풍도와 한 섬이 된 보기도 선착장으로 입항한다. 보기도 선착장부터 병풍리마을까지는 마을버스가 운항한다. 인구가 적다 보니 마을버스도 작다. 12인승 승합차가 마을버스다. 여객이 많을 때는 마을버스가 몇 번씩 왕복하기도 한다. 보기도는 간척지 땅 대부분이 염전이다. 섬의 밭은 온통 푸르른 양파밭이다. 나그네는 짙게 깔리는 어둠을 틈타 병풍리마을에 숨어든다.

신선이 지은 이름 병풍도

병풍리마을의 집들은 대부분 낡았지만 규모는 큼직큼직하다. 과거 돈 섬이라 불리던 시절의 증거일 것이다. 병풍도는 마치 신정일치 왕국 같다. 교회가 마을의 가장 높은 곳에 위치해 마을을 굽어보고 있다. 아니나 다를까. 민박집에서 자다가 새벽 4시 반, 교회의 차임벨 소리에 잠이 깼다. 나그네는 중세의 어느 기독교 왕국으로 떠나온 것일까.

병풍도는 가장 높은 곳이 74미터에 불과하다. 대부분이 간석지로 이루어진 평지다. 그래서 논과 염전이 많다. 섬 서북쪽 끝 해안선 절벽인 병풍바위가 파도와 침식, 풍화되어 병풍처럼 보인다 해서 병암도屛巖島라 부르다가 일제강점기에 '병풍도'가 됐다. 병풍바위의 아름다운 풍경에 반한 신선이 이곳에 내려와 살면서 병풍도라는 이름을 지었다는 전설도 내려온다.

마을에서 병풍바위로 가는 길 왼편은 온통 염전이고 오른편은 온통 논이다. 비탈진 언덕의 밭들은 온통 푸르른 양파밭이다. 나그네는 어떤 작가가 책상머리에 앉아 이야기에 목말라 하는 것을 이해하기 어렵다. 길을 나서면 세상은 어딜 가나 온통 이야기 세상이다. 세상 어느 곳도 이야기로 채워지지 않은 공간이란 없다. 길에서 만나는 사람들뿐이랴. 풀과 나무와 바람과 파도와 꿩과 백로와 여치와 개구리까지 이야기를 들려주지 않는 존재란 없다. 당장 길을 떠나 보라. 길을 걸으면 길바닥에 널린 것의 절반은 이야기다. 작가는 그저 주어 담기만 하면 된다.

병풍바위는 염전의 끝 해안가를 따라 도열해 있다. 채석강이 부안의 격포에만 있는 것이 아니다. 수만 권의 책을 쌓아 놓은 듯한 절벽. 병풍을 펼쳐 놓은 듯이 쫙 펴진 책의 절벽. 병풍바위 또한 채석강의 풍경과 흡사하다. 채석강이 먼저 알려졌을 뿐 이런 지형이 섬에서는 드물지 않다. 여수 사도와 추도, 진도의 관매도 방아섬, 군산의 말도 등 나그네는 이 나라 섬 곳곳에서 채석강보다 웅장한 시간의 도서관을 목격했다.

낙지 잡는 여자

병풍도와 대기점도 사이의 노둣길을 건넌다. 갯벌에서는 한 여자가 낙지를 잡고 있다. 여자는 뻘 속 깊이 손을 집어넣어 낙지를 잡는다.

너른 갯벌 어디에 무엇이 사는지 손바닥 보듯 훤히 꿰고 있는 여자는 낙지 구멍을 찾아 쏙쏙 잘도 뽑아낸다. 여자는 갯벌에 무릎을 꿇고 낙지를 잡는다. 저것은 갯벌의 기도다! 기도란 본디 저렇게 하는 것이다. 갯벌뿐이랴. 땅에 무릎 꿇고 논밭을 일구는 농부들. 삶이 간절할수록 사람들의 기도는 땅바닥에 밀착된다. 그러므로 진정한 기도란 예배당에서, 기도원에서, 법당에서 하는 것이 아니다. 기도란 저렇게

논과 밭, 갯벌에 무릎 꿇고 하는 것이다. 그런 기도에 응답하지 않는 기적이란 세상 어디에도 없다.

대기점도 북촌(北村)마을, 할머니 한 분이 바닷가에 나와 물 빠진 갯벌을 보고 앉아 해바라기를 하신다.

"기경 많이 하시오."

할머니는 나그네가 하나라도 더 구경하고 가라고 이런 저런 설명을 해 주신다. 대기점도에는 본래 이 북촌마을 하나뿐이었는데 젊은 사람들이 결혼을 하면서 집 짓고 살림 차릴 곳이 없자 제저금(딴 살림) 내주면서 남촌(남천)마을이 한 곳 더 생겼다. 다 오래전 이야기다. 이제는 북촌이고 남촌이고 빈집투성이다.

"여가 앉져 놀면 좋소."

할머니는 늘 나와서 보는 바다와 갯벌이지만 볼 때마다 좋기만 하다. 할머니는 사탕 하나를 꺼내 건네주신다. 할머니는 갯벌 노둣길 사이로 바닷물이 통하도록 해수 유통 공사를 하는 청년에게도 사탕을 나눠 주고 싶었는데 청년이 거절하자 마음이 좀 상하셨다.

"누가 이뻐서 준 줄 알고. 나다니면서 머 좀 달라면 좋제."

할머니는 뭐든 나눠 주고 싶은 마음이 굴뚝같다. 객지를 떠돌면서 신세도 좀 지고 그래야지 너무 예의만 차리고 그러면 정이 없다는 말씀이겠지. 정이 살아 있는 섬마을의 인정이 정겹다.